Fille des crocodiles

Marie-Florence Ehret

Fille des crocodiles

Vocabulaire par Pascal Thomas-Javid

Ernst Klett Sprachen
Stuttgart

1. Auflage 1 15 14 13 12 11 | 2026 25 24 23 22

Internetadresse: www.klett-sprachen.de

Redaktion : Anne-Sophie Guirlet-Klotz, Elena Herrmann
Layoutkonzeption : Elmar Feuerbach
Satz : Dörr + Schiller GmbH, Stuttgart
Umschlaggestaltung : Elmar Feuerbach
Titelfotos: Shutterstock / © Scott Rothstein, © Lucian Coman
Foto S. 135: © Marie-Florence Ehret
Druck und Bindung : Salzland Druck, Staßfurt

Printed in Germany
ISBN 978-3-12-592262-4

Table des matières

À Marie, avec toute ma tendresse,
à ses filles, à ses frères, à sa maman.
À Isabelle, Charles, Jean-Claude, Daniel.
À tous les amis du Burkina
et aussi aux 5e B du collège Sainte-Anne
à Rezé année 2004 – 2005 qui m'ont donné
l'élan de commencer cette histoire
et qui l'ont aidée à grandir.

Chapitre 1

Un matin de février

Il fait frais ce matin à Nanou. Le soleil a des airs de pleine lune. C'est un gros disque orangé. D'ailleurs tout est orangé. L'harmattan souffle. Il soulève une poussière rose qui recouvre les feuilles des arbres. C'est à peine si l'on distingue derrière les murs rouges du dispensaire la haute et fine silhouette des eucalyptus. On devine au loin les moignons sans feuilles d'un antique baobab et des buissons d'épineux plus gris que verts disséminés ici et là dans l'étendue plate et sèche de la brousse. Même la masse feuillue des manguiers tout proches disparaît presque. Les maisons de terre aux alentours se fondent elles aussi dans ce faux crépuscule matinal. Loin derrière elles, dorment les ancêtres crocodiles, enfouis dans leurs galeries humides sous le marigot.

Fanta serre frileusement ses bras nus autour de ses épaules, elle porte un T-shirt à manches courtes et un pagne enroulé autour de ses hanches étroites.

4 **soulever** → lever – 4 **la poussière** Staub – 5 **distinguer** *ici :* voir – 6 **un dispensaire** un petit hôpital où l'on peut se faire soigner à bas prix ou gratuitement – 6 **une silhouette** une forme – 7 **un moignon** *ici :* un reste d'une branche coupée ou cassée d'un arbre – 8 **antique** *ici :* très vieux – 8 **un baobab** un arbre tropical très grand dont les fruits, que l'on peut manger, sont appelés « *pain de singe* » (Affenbrotbaum) – 8 **un buisson** un très petit arbre – 9 **disseminé** ≠ groupé – 9 **la brousse** *dans les pays au climat chaud* une étendue couverte de végétation basse – 10 **une masse** *ici :* de grande taille – 10 **un manguier** un arbre sur lequel on trouve des *mangues* (Mango) – 11 **les alentours** *mpl* autour – 12 **un crépuscule** la lumière que l'on distingue avant le lever du soleil ou après son coucher – 13 **un ancêtre** qui appartient à la première génération d'une famillle, pour qui on a du respect – 13 **enfoui** *ici :* caché sous la terre – 14 **humide** ≠ sec – 14 **un marigot** *dans les régions tropicales* une étendue de terre souvent recouverte d'eau (Sumpf) – 15 **frileusement** → frileux, qui a froid – 16 **une manche** *ici :* le bras d'un vêtement – 16 **un pagne** un vêtement que l'on attache autour des hanches et qui couvre le corps de la taille jusqu'au milieu de la jambe – 17 **une hanche** Hüfte – 17 **étroit** ≠ large

Comme d'habitude, elle s'est réveillée aux premières lueurs de l'aube que saluait le chant du coq. Elle s'est levée doucement pour ne pas réveiller sa grand-mère qui dort sur la natte à côté d'elle, et comme d'habitude, à peine a-t-elle franchi le rideau qui bat devant la porte ouverte que sa grand-mère s'est redressée.

La Vieille se lève à son tour, enroule un vieux tissu autour de ses épaules et sort se laver le visage et la bouche. Le jour levant éclaire ses traits sévères et les cicatrices rituelles qui lui barrent les joues. Elle est très grande, maigre et droite comme un eucalyptus. Fanta est grande, elle aussi, pour ses onze ans.

Comme elle ressemble à Delphine, pense la Vieille en regardant sa petite-fille. Elle se redresse encore, fière et robuste malgré son âge. Voilà cinq ans maintenant qu'elle ne l'a pas revue mais sa fille est présente dans son esprit à chaque instant ou presque.

Depuis la mort de son mari, Mâ ne sourit plus qu'avec la bouche, ses yeux restent tristes. Si elle ne s'était pas retrouvée veuve voici plus de quinze ans, elle ne serait pas revenue avec ses enfants là, à Nanou, dans ce village pauvre, au cœur de la brousse, sans eau sinon celle du puits, sans électricité sauf celle que fournit, quand elle est chargée, une batterie de voiture sur laquelle on branche un tube au néon, ou la petite télévision en noir et blanc, ce village perdu loin de toute route, de toute ville. Loin de tout. Elle serait toujours dans la belle ville d'Abidjan, en Côte d'Ivoire, et Delphine serait peut-être encore avec eux.

Delphine est née là-bas, comme ses frères. Quand son père est mort, elle avait déjà seize ans. Elle avait toujours vécu en

1 **une lueur** une lumière – 3 **une natte** une sorte de tapis fait avec des plantes – 4 **un rideau** Vorhang – 6 **se redresser** se lever – 7 **un tissu** Stoff – 9 **éclairer** donner de la lumière à qc ou qn – 9 **les traits** *mpl ici :* qui forme le visage – 9 **une cicatrice** ce qui reste d'une blessure (Narbe) – 10 **maigre** ≠ gros – 15 **un esprit** *ici :* la pensée – 15 **un instant** un moment – 19 **veuf** dont le partenaire est mort – 21 **le cœur** *ici :* le milieu, le centre – 21 **un puits** [pɥi] un trou au fond duquel on trouve de l'eau – 22 **fournir** donner – 22 **chargé** *ici :* capable de fournir de l'électricité – 23 **brancher** einstecken

ville. Elle se plaisait beaucoup dans la capitale, elle avait un amoureux, elle ne voulait pas le quitter mais il a bien fallu obéir aux anciens. Seul le frère aîné, qui était déjà marié, a pu rester en Côte d'Ivoire avec sa femme. Delphine, elle, a dû revenir au Burkina, dans le village de son père, sous l'autorité de la famille, avec Mâ et les deux petits. Pangatié venait juste de naître et Bégué n'était pas bien vieux non plus. Mâ n'a pas pu s'opposer au mariage que les aînés avaient organisé pour la jeune fille. Malgré ses pleurs, Delphine a été obligée d'épouser un cousin maternel que ses grands-tantes avaient choisi. Comme il n'y avait plus de place dans la cour du vieux Dao, l'oncle aîné, le chef du village a donné une concession à la veuve pour qu'elle s'y installe avec ses fils, et le mariage de Delphine a eu lieu… Triste souvenir. Delphine a eu une fille, puis une autre : Bintou et Fanta. Elles sont nées entre les mains de leur grand-mère, c'est elle qui les a sorties du ventre de sa fille, qui a coupé le cordon et qui les a roulées dans leur premier pagne. Elles ont dormi toutes les trois, et puis toutes les quatre, mêlées comme un seul corps que la nuit rassemblait. Des années sont passées.

Comme toutes les femmes du village, Delphine a dû travailler au champ. Elle n'en avait pas l'habitude, les piqûres de moustiques sont devenues des plaies purulentes sur ses jambes. Chaque soir, elle croyait mourir d'épuisement. Son mari était las de cette femme toujours fatiguée qui n'avait jamais envie de dormir avec lui. Il aurait voulu un fils, bien sûr. Il avait même failli prendre une seconde épouse, mais la chose aurait été mal vue par les Dao alors il avait renoncé. La famille est ancienne et puissante. Elle est protégée par ses ancêtres, les crocodiles, qu'elle vénère.

2 **obéir** accepter un ordre – 3 **aîné** le premier enfant d'une famille – 9 **les pleurs** *mpl* → pleurer – 10 **maternel** *ici :* de la mère – 13 **avoir lieu** se passer – 17 **un cordon** *ici :* ce qui rattache le bébé à la mère quand il est dans son ventre – 22 **une piqûre** *ici :* Stich – 23 **un moustique** un insecte dont la femelle se nourrit du sang des hommes et des animaux – 23 **une plaie** une blessure – 23 **purulent** eitrig – 26 **faillir** *ici :* être sur le point de faire qc – 27 **renoncer** arrêter de vouloir faire qc – 28 **puissant** *ici :* qui a beaucoup d'autorité – 28 **protégé** ≠ attaqué – 29 **vénérer** adorer, prier, respecter

Et puis un jour, Delphine est partie. Ce n'était pas facile de partir mais elle savait que ses filles seraient en sécurité avec leur grand-mère. Son mari a quitté le village peu après sans se préoccuper de ses filles et la Vieille a continué à élever les fillettes. Personne n'a plus jamais eu de ses nouvelles. Au début c'était très dur. Maintenant Delphine est à Paris, France. Elle gagne de l'argent. Elle en envoie tous les mois. C'est une bonne fille.

La Vieille soupire légèrement. Fanta sent le regard de sa grand-mère posé sur elle. Si elle ressemble à sa mère, elle est aussi le portrait craché de sa grand-mère. Longue et fine, elle a des traits réguliers, des yeux écartés, d'un noir intense, brillant dans le blanc laiteux qui baigne la prunelle, l'oreille petite et délicate, la bouche forte et bien dessinée, mais rien ne marque ses joues lisses et rebondies. Ni le temps ni la coutume n'y sont inscrits.

Après s'être rincé mains et visage avec les mêmes gestes que sa grand-mère, Fanta repose la bouilloire de plastique rayée de vert et de jaune près du muret et elle enfile un pull sur son T-shirt avant de se mettre au travail. Les poules grattent un peu plus loin. Un cochon grogne de l'autre côté de la maison. Une petite chèvre lèche le fond d'un chaudron. Un enfant se met à pleurer. Les plus petits, fesses à l'air, sortent des maisons avoisinantes.

4 **se préoccuper** s'occuper de qn ou de qc, faire attention à qn/qc – 9 **soupirer** pousser un soupir (seufzen) – 9 **légèrement** → léger – 11 **le portrait craché** la copie – 12 **écarté** *ici :* loin l'un de l'autre – 12 **intense** fort, extrême – 12 **brillant** qui *brille* (funkeln) – 13 **laiteux** qui a la couleur du lait – 13 **une prunelle** la partie noire au milieu de l'œil, la pupille – 14 **délicat** ≠ gros, laid – 15 **lisse** glatt – 15 **rebondi** *ici :* gros – 15 **une coutume** une tradition – 16 **inscrit** marqué – 17 **rincé** lavé – 18 **une bouilloire** un objet dans lequel on fait chauffer de l'eau – 18 **rayé** [ʀeje] gestreift – 19 **un muret** un petit mur – 19 **enfiler** mettre – 20 **gratter** *ici :* scharren – 21 **un cochon** Schwein – 21 **grogner** crier pour un cochon – 22 **une chèvre** Ziege – 22 **lécher** passer la *langue* (Zunge) sur qc – 22 **un chaudron** Kessel – 23 **les fesses** *fpl* Gesäß

Chapitre 2

La cour de la Vieille

Peu à peu tous les habitants de la cour se sont éveillés. Depuis le départ de Bintou, ils ne sont plus que neuf : d'abord, Mâ, ses deux fils, Bégué et Pangatié, puis Salimata, la femme de Bégué, et leurs trois enfants : Kadidja, Fatoumata et Siaka. Fanta aime beaucoup ses cousines et son cousin. Depuis que sa sœur est partie à Boromo pour aller au collège, Fanta est leur petite maman. Elle prend souvent Siaka sur son dos, et elle joue avec les filles, elle leur raconte des histoires, elle les lave, les coiffe.

Et puis il y a Assiatou qui vient juste d'être mariée avec Pangatié. Fanta ne l'avait jamais vue avant qu'elle devienne l'épouse de son oncle. La jeune femme a tout juste deux ans de plus que Bintou, mais elle n'est jamais allée à l'école, elle est très timide et elle ne parle pas beaucoup.

La femme de Bégué a déjà rallumé le feu devant sa case. Il faut rallumer celui de la Vieille : c'est le travail de Fanta. Elle récupère quelques brindilles qu'elle réunit sous des branchettes à peine plus grosses. Elle remplit à moitié d'eau la marmite et la pose sur les pierres qui entourent le foyer. Tout à l'heure, il faudra s'occuper des bêtes. Elle commence à balayer, jambes tendues, tête au niveau des genoux, semblable à un chevreuil qui broute. Les tiges du balai laissent sur le sol un dessin qu'elle s'amuse à prolonger.

6 **une sœur** ≠ un frère – 9 **coiffer** arranger les cheveux (frisieren) – 15 **rallumer** ≠ éteindre – 15 **une case** *en Afrique* une petite maison – 17 **récupérer** trouver – 17 **une brindille** une toute petite branche sèche – 17 **réunir** mettre ensemble – 18 **une marmite** Kochtopf – 19 **entourer** umgeben – 19 **un foyer** *ici :* l'endroit où l'on fait du feu – 20 **balayer** [baleje] nettoyer le sol avec un *balai* (Besen) – 21 **tendu** *ici :* droit – 21 **un genou** Knie – 21 **semblable** comme – 21 **un chevreuil** Reh – 22 **brouter** *pour les animaux* manger l'herbe – 22 **une tige** Borsten – 22 **un balai** Besen – 23 **prolonger** *ici :* continuer

Les oncles sont levés eux aussi. Fanta se tourne vers la maison de son oncle aîné. Son regard flotte sur le paysage familier qui a une allure irréelle dans la brume rose de ce matin. Elle s'attarde sur la tache rouge du T- shirt de Tonton Bégué. Elle a de la chance d'avoir des oncles comme eux, se dit-elle. Ils sont doux et calmes, sans doute parce qu'ils sont très grands et très forts. Plus grands et plus forts que la plupart des hommes de Nanou. Ils ne se fâchent jamais, ils ne crient jamais, et puis ils sont beaux. Ils ont l'allure royale des Dao, leur taille haute et droite et leurs traits réguliers. Bégué, l'oncle aîné, n'a jamais levé la main sur sa femme. Il est aussi gentil avec ses enfants qu'avec ses nièces, ce qui n'est pas le cas dans toutes les cours. Fanta aimerait bien avoir un jour un mari comme lui, mais aucun des garçons du village ne fait le poids à côté de ses oncles ! Et puis, un jour – qui sait ? – elle ira peut-être à Paris rejoindre sa mère ! Elle n'en parle jamais, elle n'est même pas très sûre d'avoir envie de partir si loin, mais elle ne peut s'empêcher d'y penser parfois, d'en rêver avec autant d'espoir que de crainte.

Fanta est née au village. Elle en connaît toutes les maisons, tous les enfants, tous les arbres. Elle est allée quelquefois à Boromo avec ses oncles mais elle ne connaît même pas la capitale du Burkina Faso, Ouagadougou. Et encore moins Paris, la capitale de la France, où vit aujourd'hui sa maman. C'est à peine si elle se souvient de son visage. Elle était encore si petite quand Delphine est partie. Elle ne l'oublie pas non plus. Personne ici ne l'oublie, et Delphine non plus n'oublie pas le village. Elle a même envoyé un téléphone portable à Bégué, et parfois elle téléphone de la France. On entend sa voix qui demande des nouvelles et qui dit qu'elle pense à eux, beaucoup, qu'il fait froid et que ses filles lui manquent. Parfois, elle pleure

2 **avoir le regard qui flotte sur qc** regarder qc sans y faire vraiment attention – 3 **une allure** l'air, l'apparence – 3 **une brume** un brouillard – 4 **une tache** la trace, le point de couleur – 4 **un tonton** *enfantin* un oncle – 8 **se fâcher** se mettre en colère – 9 **royal** → un *roi* (König) – 12 **une nièce** la fille d'un oncle ou d'une tante – 14 **faire le poids** [pwa] être aussi bon – 18 **autant de … que de** ebenso viel … wie – 29 **parfois** de temps en temps

et elle rit en même temps. Fanta ne dit rien, elle est un peu intimidée par cette voix qui vient de nulle part et elle ne sait quoi lui répondre. À vrai dire, sa mère ne lui manque pas. Elle ne se souvient pas de l'avoir vraiment connue, et puis il y a Mâ, les oncles, les tantes, les cousins, les cousines, et toutes les filles du village avec qui il fait si bon se retrouver quand la nuit est tombée et que le soleil ne tape plus, pour danser et chanter à la lumière de la lune.

Plus souple que le roseau, Fanta reprend le balayage de la cour, elle avance lentement avec son faisceau de branchettes sans manche qui l'oblige à se courber jusqu'au sol.

Bégué est assis sous la véranda de sa maison. Les petits, à moitié endormis encore, tournent autour de leur mère. Sali se hâte de réchauffer le reste du dîner de la veille pour le porter à son mari. Pangatié, le petit frère de Bégué, n'a pas encore d'enfant. On lui a construit une case dans la cour pour son mariage, quand il aura un enfant, il fabriquera une autre case pour sa femme et le bébé, mais pour l'instant ils partagent le même toit. On vient de finir le ramassage du coton et leur chambre en est pleine. C'est tout juste s'ils ont la place de s'allonger à côté de l'énorme tas blanc qui monte jusqu'au toit.

Ici, c'est la cour de la Vieille. Il reste encore de la place pour plusieurs foyers. Les fils de Bégué et Pangatié, si Dieu veut. Des neveux peut-être, des nièces, qui sait, pour aider les femmes, quand Fanta et Bintou seront parties. Ou peut-être des secondes épouses… Fanta n'aimerait pas que son mari prenne une autre femme. Chez les Dao, en principe on est monogame mais, au village, il y a beaucoup d'hommes qui continuent à prendre

2 **être intimidé** avoir un peu peur – 9 **souple** flexible – 9 **un roseau** une plante haute, longue et en forme de cylindre que l'on trouve au bord des étendues d'eau (Schilf) – 9 **reprendre** *ici :* recommencer – 10 **un faisceau** *ici :* un balai – 11 **se courber** *ici :* sich bücken – 14 **se hâter** faire vite – 14 **un dîner** le repas du soir – 19 **le coton** une plante utilisée pour faire du textile (Baumwolle) – 24 **un foyer** *ici :* une famille, une maison – 25 **un neveu** le fils d'un oncle ou d'une tante – 27 **une épouse** ≠ un mari – 28 **monogame** qui n'a qu'une seule femme, qu'un seul mari

plusieurs épouses, comme autrefois, et souvent il y a des disputes entre les femmes.

Mâ a préparé la bouillie de mil. Elle en donne un bol à Fanta qui pose son balai et s'assoit près de la porte pour le manger en regardant le soleil monter dans le ciel épais.

Quand sa grande sœur Bintou était là, Fanta et elle se chamaillaient souvent, mais maintenant que Bintou est partie à Boromo, Fanta se sent un peu seule. Assiatou sort de sa case, elle n'est guère plus âgée que Bintou, Fanta lui fait signe, la jeune femme lui répond de loin mais elle ne vient pas la rejoindre, elle doit s'occuper de son mari.

Aller à Paris, avoir un mari… Fanta se demande souvent ce qui l'attend. Les deux choses lui paraissent aussi lointaines et redoutables l'une que l'autre. Mâ vient interrompre la rêverie de sa petite-fille. L'eau est assez chaude. Il est grand temps que Fanta aille se doucher et qu'elle parte à l'école.

Il fait à peine 20 degrés et la fillette frissonne un peu sous la première calebasse d'eau tiédie qu'elle répand sur son dos. Elle se frotte bien, se rince soigneusement le cou et derrière les oreilles… Voilà ! Elle a passé de l'eau sur ses petites tresses bien tirées sur son crâne, elle prend son cartable, elle le frotte un peu mais la poussière rouge colle bien. Elle est prête. Elle part en adressant un signe à la Vieille qui la regarde s'éloigner avec cet air grave qui est le sien.

Sur le chemin, elle retrouve son amie Nata, d'autres écoliers les rejoignent et ils arrivent tous en bande, riant et piaillant comme des pintades. Le maître les attend devant la porte.

1 **autrefois** avant – 3 **une bouillie** une sorte de *purée* (Brei) – 3 **le mil** Hirse – 5 **épais** *ici :* condensé – 7 **se chamailler** se disputer – 9 **guère** *à peine* (kaum) – 13 **lointain** → loin, éloigné – 14 **redoutable** dangereux, qui fait peur – 16 **se doucher** prendre une douche – 17 **frissonner** *ici :* trembler de froid – 18 **une calebasse** le fruit du calebassier dont on peut se servir comme récipient (Flaschenkürbis) – 18 **tiédi** entre le chaud et le froid – 18 **répandre** *verser* (schütten) – 19 **soigneusement** avec soin/attention – 20 **une tresse** Zopf – 21 **tiré** *ici :* coiffé le plus loin possible vers l'arrière – 21 **un crâne** l'ensemble des os de la tête ; *ici :* la tête – 21 **un cartable** un sac d'école – 23 **adresser un signe** *ici :* faire un signe en direction de qn – 26 **piailler** *ici :* bavarder et crier en même temps – 27 **une pintade** une sorte de poule (Perlhuhn) – 27 **un maître** *ici :* qui fait cours aux écoliers

Aussitôt le silence se fait et les enfants rentrent dans la classe, une simple pièce de terre semblable à toutes les maisons du village.

Fanta revient de l'école à midi. Elle est contente, le maître lui a fait réciter sa leçon sur les pays frontaliers du Burkina, elle les savait tous par cœur : Mali, Niger, Bénin, Togo, Ghana et Côte-d'Ivoire… Elle avait dessiné sur son cahier le drapeau du Burkina, rouge en haut, vert en bas, avec une étoile jaune au centre. Elle a eu un dix, assorti d'un « Bien ».

Il fait chaud maintenant mais pas trop. Le mois de décembre, c'est la bonne saison, malgré l'harmattan et cette poussière rouge qui vient, dit-on, du Sénégal, et traverse le Mali pour arriver jusqu'ici.

Fanta joue un moment avec les enfants de Tantie Sali. Elle a pris le petit Siaka sur son dos et elle l'emmène du côté des pintades. Qu'ont-elles donc à criailler comme ça ! Si Tonton Bégué avait un fusil, il irait à la chasse et ils pourraient manger du gibier… L'idée d'un morceau de pintade rôtie lui fait venir l'eau à la bouche.

La voix aiguë de Nata vient frapper son oreille. Une dizaine de jeunes filles sont réunies autour du puits, attendant leur tour, riant et s'éclaboussant à grands cris. Tout ce qui arrive dans le village est commenté ici, et même ce qui n'arrive pas, ce qui pourrait arriver ! On y échange mille bêtises, mille secrets que les hommes ignorent. Fanta hésite à rejoindre ses amies. Pour l'instant elle a trop faim ! Elle retourne vers sa cour. Une bonne sauce de gombos parfumée de sumbala est en train de

1 **aussitôt** tout de suite – 5 **frontalier** à la frontière – 9 **assorti** accompagné, avec – 16 **criailler** → crier – 17 **un fusil** [fyzi] Gewehr – 18 **un gibier** un animal que l'on chasse pour manger – 18 **un morceau** une partie de qc – 18 **rôti** gebraten – 20 **aiguë** ≠ grave (schrill, hoch) – 25 **ignorer** ≠ savoir – 25 **hésiter** *ici :* se demander si l'on doit faire qc ou non – 27 **un gombo** une plante tropicale dont on peut manger les fruits (Okra) – 27 **parfumé de** *ici :* avec – 27 **un sumbala** un *condiment* (Gewürz) que l'on trouve en Afrique

mijoter sur le feu. Assiatou tourne vigoureusement le tô, la fine farine blanche gonfle lentement sous le mouvement de son bâton. Le repas sera bientôt prêt.

1 **mijoter** köcheln – 1 **vigoureusement** fortement – 1 **le tô** une sorte de pain à base de mil que l'on mange avec une sauce – 2 **gonfler** *ici :* devenir plus gros – 3 **un bâton** Stock

Chapitre 3

L'arrivée de l'exciseuse

La chaleur de midi pèse sur les épaules, et aussi la bonne farine blanche qui alourdit l'estomac. Le soleil nage encore dans une atmosphère épaissie de rose mais il la traverse et l'on croit respirer de l'ouate. Les enfants marchent plus calmement jusqu'à l'école. Fanta porte sur son dos le léger cartable de plastique rose et jaune dont elle est très fière. Il y a peu de chances pour qu'elle soit interrogée cet après-midi mais elle a quand même révisé sa leçon sur le climat sahélien, avec sa longue saison sèche et ses fortes pluies d'été.

Une agitation particulière règne à l'école. La rumeur court qu'une femme très puissante est arrivée au village. Une vieille femme redoutable dont on ne parle qu'à demi-mot. On dit qu'elle vient du Mali et qu'elle va purifier les petites filles et leur permettre de devenir de vraies femmes… Une sorte de sorcière, dit l'une. Mais non, c'est l'exciseuse, dit Nata qui semble très bien informée. Une exciseuse ? Fanta ne sait pas ce que cela veut dire…

Elle rentre à la maison fort excitée mais Mâ n'est pas là. Comme tous les jours ou presque, la Vieille est partie ramasser du bois. « Je ne suis pas impotente pour rester assise toute la journée ! » proteste-t-elle quand ses fils lui disent que les femmes peuvent s'en occuper. Fanta va rejoindre Sali qui est en train de piler du mil. Elle attrape un pilon et commence à frapper à tour de rôle avec sa tante. Elles ne parlent pas, se

2 **peser** *ici :* être lourd – 3 **alourdir** qui rend lourd – 3 **nager** *ici :* avancer lentement dans le ciel – 4 **épaissi** rendu épais – 9 **réviser** *ici :* apprendre ses leçons – 9 **sahélien** [saeljɛ̃] → Sahel – 11 **une agitation** ≠ le calme – 11 **régner** *ici :* être partout – 11 **une rumeur** une information dont on ne sait pas si elle est vraie ou fausse – 14 **purifier** nettoyer, laver de ce qui est sale – 15 **un sorcier** une personne qui a des *pouvoirs magiques* (Zauberkräfte) – 16 **sembler** avoir l'air – 17 **informé** qui sait des choses, qui a des informations – 19 **excité** ≠ calme – 24 **piler** *ici :* zerstoßen – 24 **un pilon** un *bâton* (Stock) que l'on prend pour piler

contentent d'harmoniser leurs mouvements, passant le pilon d'une main à l'autre. Sali ramène d'une main rapide les grains qui se posent sur le bord du mortier sans cesser de pilonner vigoureusement. Quelques poules se glissent entre leurs pieds pour récupérer les graines qui volent au sol. Fanta imite les gestes de Sali en prenant garde de ne pas se taper sur les doigts.

– C'est quoi, une exciseuse ? demande-t-elle au bout d'un moment.

Sali tourne la tête dans tous les sens, comme pour vérifier que personne n'a entendu. Elle ne répond pas mais le rythme de ses coups est troublé… Fanta attend. Sali ne dit toujours rien. Son pilon a retrouvé un rythme régulier mais on dirait qu'il pèse plus lourd dans ses mains. Il ne danse plus, il écrase lourdement le grain. Fanta n'ose pas répéter sa question. Ses épaules commencent à lui faire mal à force de manier la lourde masse de bois. Fanta cherche le regard de Sali mais celle-ci détourne les yeux.

– C'est vrai qu'il y en a une qui vient d'arriver au village ? demande cependant Fanta.

– Oui…

Sali a répondu dans un souffle. Elle ne tape plus qu'un coup de temps en temps. La cour est vide à cette heure. Il y a juste une chèvre qui cherche à attraper une branche basse, et le chien qui dort, collé au mur, étalé de tout son long dans le sable. Les hommes sont loin, sous la véranda de Bégué… Sali baisse pourtant la voix comme si elle avait peur qu'on l'entende.

– On ne parle pas de ces choses-là, murmure-t-elle.

– Mais pourquoi… quelles choses ? insiste Fanta.

– C'est pour les filles… pour les purifier…

On leur coupe le mauvais sexe.

2 **ramener** *ici :* amener vers soi – 2 **un grain** Korn – 3 **un mortier** *ici :* un *récipient* (Gefäß) dans lequel on pile qc – 3 **cesser** arrêter, stoppen – 3 **pilonner** *ici :* piler – 12 **troublé** ≠ calme, tranquille – 14 **écraser** *ici :* pilloner – 16 **manier** *ici :* travailler, préparer – 18 **détourner les yeux** regarder ailleurs – 25 **étalé** *ici :* couché – 26 **baisser** ≠ lever – 29 **insister** continuer

Fanta frissonne, le mauvais sexe ? Elle s'est arrêtée de manier le pilon et elle regarde Sali qui continue plus lentement. Sali s'arrête à son tour.

– Viens, dit-elle en prenant le bras de Fanta.

Elle l'entraîne à l'intérieur de sa case. Les nattes sont roulées, les pagnes accrochés à des bâtons. Sali s'accroupit dans un coin et fait mine de balayer le sol de la main. Fanta vient s'asseoir à côté d'elle sans rien dire.

– Les filles, si elles ne sont pas coupées, elles sont comme des hommes et elles ne peuvent pas se marier, et si par chance elles se marient quand même, ça ne va pas… La Vieille n'a pas voulu faire couper sa fille et tu vois… Delphine, elle est partie !

– Mais… Fanta ne sait que dire. Mais ma mère, elle gagne beaucoup d'argent ! Elle est en France, proteste-t-elle fièrement après quelques secondes de désarroi.

Sali tord la bouche sans rien dire.

– Et…

Fanta hésite à continuer mais elle ne peut résister : – C'est quoi, couper le mauvais sexe ?

Sali ne répond pas. Elle continue à caresser le sol d'une main distraite.

– Ça fait mal ? s'inquiète encore Fanta.

– Une vraie femme doit savoir souffrir ! rétorque fièrement Sali. Il faut souffrir pour mettre des enfants au monde.

Fanta se redresse. Elle se souvient du jour où elle est tombée du manguier. Elle s'est cassé le poignet, elle n'a pas crié, et quand Ibrahim lui a longuement massé la fracture, elle a serré les dents, mais elle n'a pas crié non plus ! Mâ lui a caressé le front, elle était fière de sa petite-fille. Mais, au fait… pourquoi Mâ n'a-t-elle pas voulu faire couper sa fille ?

Sali hausse les épaules :

6 **un coin** Ecke – 7 **faire mine de** faire comme si – 15 **le désarroi** la confusion, le trouble – 16 **tordre** déformer – 18 **résister** *ici :* s'arrêter de soi-même – 21 **distrait** *ici :* sans y faire attention – 23 **souffrir** avoir mal – 23 **rétorquer** répondre – 26 **un poignet** entre le bras et la main – 27 **une fracture** l'endroit où un os est cassé – 28 **une dent** Zahn – 29 **un front** Stirn – 31 **°hausser** ['ose] lever

– Elle dit que c'est dangereux, qu'on perd beaucoup de sang, qu'on peut mourir. Moi je ne suis pas morte, ajoute-t-elle d'un ton un peu fâché.

– Tu es coupée ? s'étonne Fanta.

– Bien sûr, répond Sali en se redressant, mais, ajoute-t-elle, je ne m'en souviens plus très bien…

Elle fronce les sourcils.

– Une femme doit être purifiée, c'est la coutume… Quand on ne respecte pas la coutume, alors les malheurs arrivent…

Fanta la regarde. Elle ne veut pas que des malheurs arrivent à cause d'elle, mais elle n'a pas non plus très envie qu'on lui coupe le sexe, même le mauvais !

– J'ai demandé de l'argent à Tonton pour que ses filles soient purifiées, mais il ne veut pas s'en mêler. Il dit que c'est une affaire de femmes. Qui voudra d'elles si elles ne sont pas coupées ? s'inquiète Sali d'une voix sourde… Aucun homme ne voudra les épouser. Seulement, comment faire si la Vieille ne veut pas donner l'argent, il faut bien payer la Femme…

Sali, respectueuse des coutumes, n'a pas prononcé le nom de son mari. Elle a dit « Tonton » pour bien montrer qu'elle ne voulait pas lui manquer de respect !

Le silence s'installe dans la pièce sombre. Un pâle soleil s'arrête à l'entrée. Une petite souris longe le mur. Chacune poursuit sa réflexion de son côté. Au bout d'un long moment, Sali murmure :

– Peut-être que si tu demandais à la Vieille…

– Moi ? s'exclame Fanta.

– Tu es sa petite-fille… Si tu lui expliquais que tu veux être purifiée, sûrement elle t'écouterait et elle donnerait l'argent pour toi et pour les petites…

3 **fâché** *ici :* vexé (beleidigt) – 7 **froncer** *ici :* hochziehen 7 **un sourcil** la ligne de poils au-dessus des yeux – 16 **sourd** *ici :* bas – 19 **respectueux** qui respecte qn/qc – 19 **prononcer** dire – 22 **sombre** ≠ clair – 22 **pâle** très clair – 24 **une réflexion** *ici :* une pensée

Chapitre 4

Le refus de Mâ

Quand Mâ revient ce soir-là, ses cheveux et sa peau sont entièrement poudrés de rose… L'harmattan n'a pas cessé de souffler de la journée. Le soleil descend lentement dans le ciel, se noie dans le léger brouillard de poussière qui monte de la terre.

Il n'y a pas beaucoup de travail aux champs en ce moment. La récolte du coton est finie, les semailles n'ont pas encore commencé. C'est le moment où on prend des forces pour affronter la chaleur qui deviendra vraiment étouffante dès le mois de mars.

Sous la véranda de l'oncle Bégué, les hommes bavardent. Moitié assis, moitié couchés sur les bancs de bois, ils parlent des affaires du village… Le vieux Dini est malade. Sa femme ne peut pas s'en sortir toute seule, il faut lui donner un coup de main. Il faut aussi préparer les prochaines cérémonies. Certains jeunes du village ne veulent plus porter les masques. On a vu des enfants jeter des cailloux à un crocodile en allant chercher les briques sèches au bord du marigot. Le respect des traditions se perd. Que va devenir le pays si les garçons ne pensent qu'à le quitter ? La discussion va bon train.

– Il faut bien que les plus jeunes partent, la terre ne peut pas nourrir tout le monde, dit Ibrahim.

Lui, il ne cultive pas la terre, il est infirmier. Ce sont les Blancs qui l'ont formé, il est allé à leur école, et il ne sait plus se

3 **poudré** *ici :* couvert de poussière – 8 **une récolte** Ernte – 8 **les semailles** *fpl* le moment où l'on plante les graines – 10 **affronter qc** *ici :* résister à qc – 10 **étouffant** quand on a l'impression de ne plus avoir assez d'air – 10 **dès** à partir de – 12 **bavarder** discuter – 18 **un caillou** une petite *pierre* (Stein) – 19 **une brique** Ziegelstein – 21 **aller bon train** lebhaft sein – 23 **nourrir** donner à manger – 24 **cultiver** *ici :* travailler – 24 **un infirmier** Krankenpfleger

servir des plantes pour soigner comme le font encore les femmes.

On parle aussi de l'argent qu'il va falloir trouver pour l'exciseuse qui vient d'arriver, les femmes réclament de quoi préparer la fête, acheter des cadeaux pour les petites filles… On sait que la vieille Dao refuse de faire couper les filles de la famille. Bintou, qui a quatorze ans, n'a pas été « circoncise », et sa mère non plus. Certains hommes pensent que Bégué devrait intervenir pour faire respecter la coutume.

– C'est inadmissible, dit un vieil oncle, la Vieille s'est toujours moquée de nous. Il faut lui casser le dos. Bégué, tu es un homme, c'est à toi de faire régner l'ordre dans ta cour.

– C'est une affaire de femmes, répond Bégué sans s'offusquer car il connaît la façon brutale de parler qu'ont les anciens.

Quant à lui, il refuse de s'opposer à sa mère. Il invoque le respect aux aînés et l'oncle ne peut plus rien dire. Si la Vieille l'a décidé, ses filles ne seront pas coupées, il ne s'en mêlera pas. Mais d'autres femmes, dit-on, suivent l'exemple de la Vieille… « Si les traditions ne sont pas respectées, n'est-ce pas la communauté tout entière qui se perd ? » répète quelqu'un.

Oblé, le tailleur, continue à travailler tout en écoutant les conversations qui se croisent. Ses pieds activent le mouvement de l'aiguille. La machine à coudre, une magnifique Singer à pédale, avec de belles lettres dorées sur fond noir, appartient à Bégué. Il l'a achetée à Boromo pour pouvoir continuer à travailler quand il n'y a plus rien à faire aux champs. Son ami Oblé lui apprend le métier et en échange il peut utiliser la machine. Ils ont beaucoup de commandes, mais les gens n'ont pas d'argent et les tuniques, les chemises, les boubous brodés

1 **une plante** Pflanze – 4 **réclamer** demander, exiger – 7 **circoncis** *ici :* excisé – 9 **intervenir** faire qc, agir – 10 **inadmissible** que l'on ne peut pas accepter – 12 **faire régner** faire respecter – 16 **invoquer** *ici :* rappeler, faire référence – 22 **un tailleur** *ici :* une personne qui fait des vêtements – 24 **une machine à coudre** une machine pour faire des vêtements – 25 **doré** qui a la couleur de l'or – 25 **appartenir à qn** être à qn – 29 **une commande** Bestellung, Arbeitsauftrag – 30 **un boubou** une tunique africaine – 30 **brodé** bestickt

restent entassés près de la machine. Quand le coton sera vendu, peut-être, les gens pourront payer les vêtements !

La conversation roule maintenant sur le prix du coton. Si le cours chute, gagneront-ils assez pour s'acquitter des dettes qu'ils ont été obligés de contracter pour acheter les engrais et les pesticides ?

De l'autre côté de la cour, Mâ a secoué le foulard qui enserre sa tête aux cheveux ras et passé de l'eau sur son visage et ses bras. Elle rend la calebasse à Fanta qui la fait tomber par terre. Maladresse inhabituelle. Mâ trouve sa petite-fille bien agitée. Elle, si calme d'habitude, ne cesse de poser et de reprendre son petit cousin, de rentrer et sortir, de s'approcher de sa grand-mère comme si elle voulait lui demander quelque chose et de s'en éloigner sans avoir rien dit.

Mâ ne lui demande rien mais elle l'observe. Elle a entendu la rumeur. Elle sait que l'exciseuse est arrivée au village, et elle devine que sa petite-fille en a entendu parler elle aussi.

– N'aie pas peur, lui chuchote Mâ alors que Fanta est venue s'appuyer sur ses genoux comme quand elle était petite. N'aie pas peur, je ne la laisserai pas te toucher…

La fillette a bien compris.

– Mais pourquoi, grand-mère… Moi aussi je veux être purifiée.

La Vieille regarde sa toute petite avec des yeux durs.

– Tu ne sais pas ce que tu dis !

– Je n'ai pas peur de souffrir, grand-mère ! Je ne crierai pas, je te le promets !

– Ma pauvre petite… Non seulement, tu souffrirais, non seulement tu risquerais de mourir à force de saigner, ou bien

1 **entassé** posé les uns sur les autres – 4 **une dette** de l'argent que l'on doit à qn – 5 **contracter** *ici :* prendre – 5 **un engrais** un additif d'origine chimique ou animal que l'on mélange à la terre pour que les plantes *poussent* (wachsen) – 7 **secouer** faire bouger vite et dans tous les *sens* (Richtung) – 7 **un foulard** Tuch – 7 **enserrer** einschnüren – 8 **ras** [ʀɑ] très court – 10 **une maladresse** une bêtise – 10 **inhabituel** qui se passe jamais en temps normal – 10 **agité** ≠ calme – 18 **chuchoter** parler à voix basse – 20 **toucher** anfassen – 29 **saigner** perdre du sang

après si la plaie devenait mauvaise, mais tu souffrirais toute ta vie !

Un peu ébranlée, Fanta regarde sa grand-mère… Toute sa vie ! Est-ce que la Vieille souffre encore… ? Est-ce pour cela qu'elle a toujours l'air si grave ? Elle caresse doucement les cicatrices qui barrent les joues ridées…

– Ça, ce n'est rien, dit Mâ. Juste des marques qui permettent aux femmes de se reconnaître. Mais ce que l'on fait entre les jambes des petites filles, c'est tout autre chose. Personne ne veut le savoir. Les hommes disent que ce sont des affaires de femmes, ils ferment les yeux et ils laissent faire, ils pensent que leurs épouses seront plus obéissantes et plus fidèles si elles sont coupées. Le couteau sanglant de l'exciseuse, ils ne le voient jamais ! Ces vieilles sorcières, elles, ont vu pleurer et saigner tant et tant de petites filles qu'elles trouvent cela normal. Leurs mères avant elles croyaient accomplir un devoir sacré. Et celles qui mouraient, Dieu les avait rappelées, disaient-elles. Mais Dieu ne demande pas qu'on sacrifie les petites filles, au contraire. Il dit qu'elles doivent apprendre à lire et à écrire, comme les garçons, et à prier, comme eux.

Fanta écoute sa grand-mère religieusement. Jamais la Vieille ne lui a parlé si longtemps.

– Ton grand-père était un homme bon, un homme ouvert. S'il n'était pas mort…

– Maman ne serait pas partie… continue Fanta d'une petite voix.

Mâ pense à sa fille. Elle n'avait pas voulu que Delphine soit excisée, et son mari avait respecté son désir. Il l'avait soutenue contre le reste de la famille, mais après sa mort, elle n'a pas pu protéger la jeune fille du mariage décidé par la famille de son

3 **ébranlé** *ici :* choqué – 6 **ridé** qui a des *rides* (Falten) – 12 **obéissant** qui obéit – 13 **un couteau** Messer – 13 **sanglant** couvert de sang – 16 **accomplir** faire – 17 **sacré** qui a un caractère religieux et que l'on doit respecter – 18 **sacrifier** faire un cadeau à un dieu en lui donnant un objet ou en tuant une personne ou un animal en suivant un rituel – 21 **religieusement** *ici :* avec beaucoup d'attention – 28 **soutenir qn** *ici :* aider qn à défendre ses idées ou ses opinions

mari. Elle se souvient de sa douleur quand Delphine a tenté de fuir le village pour la première fois, et qu'on l'a ramenée et battue. Mais aussi de sa joie à la naissance de ses petites-filles, et dans son âme sa révolte s'apaise.

– Peut-être… murmure-t-elle, mais tu n'existerais pas non plus, ajoute-t-elle en serrant sa petite-fille dans ses bras. Dieu est grand !

– Mais si je ne suis pas… coupée, Fanta a hésité devant le mot barbare et effrayant, elle reprend : si je ne suis pas coupée comme les autres, je ne pourrai pas me marier et je serai obligée de partir en France ?

– Tu n'as pas envie d'y aller ?

– Je ne sais pas… Je veux rester avec toi, dit Fanta en se serrant contre le pagne de sa grand-mère.

– Tu partiras quand tu seras grande… murmure rêveusement la Vieille. Seulement quand tu seras grande ! Et seulement si tu en as envie !

Elles restent un moment serrées l'une contre l'autre en silence devant cet avenir qu'elles ignorent, qu'elles redoutent et qu'elles espèrent.

De l'autre côté du mur, on entend une petite toux sèche. Mâ et Fanta se regardent. Une lueur d'inquiétude passe dans le regard de la Vieille. On n'ignore pas au village que ni Delphine ni Bintou n'ont été excisées. Quelqu'un est-il en train de les épier et pourquoi ? Une vieille tante voudrait-elle tenter d'enlever ou de faire enlever Fanta pour la livrer à l'exciseuse ?

Les yeux de Mâ durcissent encore. Elle pose un bras sur les épaules de la fillette. Non, personne ne touchera la petite !

1 **tenter** essayer – 2 **ramener qn** retrouver qn et le/la forcer à revenir – 4 **une âme** Seele – 9 **effrayant** qui fait peur – 19 **redouter** avoir peur – 21 **une toux** [tu] Husten – 22 **une lueur d'inquiétude** un air inquiet – 25 **épier qn/qc** regarder et écouter qn/qc sans se faire voir – 26 **livrer** donner – 27 **durcir** *ici :* prendre un air plus dur, plus sévère

Chapitre 5

Sali s'inquiète

Sali s'est glissée contre le mur, elle n'a entendu que les derniers mots prononcés par la Vieille. « Si tu en as envie », disait-elle. La petite aurait-elle réussi à convaincre la vieille femme intransigeante ? Sali voudrait bien lui poser la question mais ne peut le faire devant la Vieille.

Un large croissant de lune répand sa lumière argentée sur les maisons de terre. Sous la véranda de Bégué brille le halo de la lampe à pétrole dont l'odeur se mêle à celle de la sauce aux condiments. Les femmes et les enfants mangent ensemble dans la grande cuvette autour du foyer, puis Fanta va chercher les plats dans la maison des hommes. La queue basse, Médor s'écarte vivement pour la laisser passer. La nuit est douce, un léger parfum de fleurs a envahi la cour, celles des manguiers peut-être. On entend des voix claires qui chantent en tapant des mains. Une voix lance son invocation, et toutes les autres reprennent en chœur. Fanta va rejoindre ses amies et danser avec elles. La lune éclaire leurs fines silhouettes semblables à des ombres. Leurs rires et leurs chants montent vers l'astre brillant, comme des hymnes. De loin, Mâ surveille les fillettes.

Sali doit patienter jusqu'au lendemain pour pouvoir parler seule à seule avec la petite.

– Alors, qu'est-ce qu'elle a dit, c'est d'accord ?

– Qui ? demande innocemment Fanta.

– La Vieille… elle veut bien ?

Fanta baisse la tête.

5 **intransigeant** qui ne fait pas de concessions – 8 **briller** glänzen – 9 **se mêler** se mélanger – 11 **une cuvette** Schüssel – 14 **envahir** [ɑ̃vaiʀ] *ici :* être partout – 16 **lancer** *ici :* crier – 16 **une invocation** un appel – 17 **en chœur** [kœʀ] en même temps, ensemble – 20 **surveiller** *ici :* regarder avec attention pour être sûr que rien de grave n'arrive – 21 **patienter** attendre – 24 **innocemment** naïvement

– Alors ? insiste impatiemment Sali.

– C'est très dangereux, tu sais ! répond Fanta d'une voix faible.

Sali hausse les épaules. Elle a déjà entendu ce genre de choses, mais elle n'a jamais vu personne en mourir. Ou alors, c'étaient des fillettes fragiles qui seraient mortes d'une façon ou d'une autre.

– Dieu donne, Dieu reprend ! réplique-t-elle, sûre que ses petites, si belles et bien portantes, ne risquent rien.

– Et après on souffre toute sa vie ! ajoute Fanta.

Souffrir, c'est le lot des femmes. Une vraie femme doit être courageuse et savoir supporter la souffrance. Sali ne se plaint pas, d'ailleurs. Si l'accouchement de sa première fille a été long et difficile, les deux autres sont nés plus facilement. Et ses trois enfants sont vivants. N'est-ce pas cela le plus important ?

Si sa mère n'avait pas eu la sagesse de la purifier, est-ce que ses enfants seraient aussi beaux et bien portants aujourd'hui ?

Fanta garde le nez baissé et tente de s'éloigner. Sali la retient.

– Mais tu as demandé oui ou non ?

Devant les yeux fuyants de la petite, elle comprend que Fanta n'a rien dit. La colère lui monte à la tête. Elle crie presque.

– La Vieille est une folle, et toi, tu finiras mal, comme ta mère ! lance-t-elle méchamment.

Elle sait bien pourtant que c'est grâce à l'argent de Delphine que ses enfants mangent tous les jours, qu'ils sont soignés quand ils sont malades, et qu'elle a pu acheter un pagne pour le nouvel an… Mais à l'instant, elle oublie tout cela. Elle a trop peur des esprits qui sûrement se vengeront si elle ne respecte pas la tradition.

3 **faible** ≠ fort – 6 **fragile** *ici :* en mauvaise santé – 8 **répliquer** répondre – 9 **bien portant** en bonne santé – 11 **un lot** *ici :* un devoir, le *destin* (Schicksal) – 12 **supporter** vivre qc de désagréable sans se plaindre – 12 **la souffrance** la douleur – 16 **la sagesse** ≠ la bêtise – 19 **retenir qc ou qn** arrêter qc ou qn – 21 **des yeux fuyants** *ici :* qui cherchent à éviter le regard d'une autre personne – 30 **se venger** faire du mal à qn pour le mal qu'il a fait

Fanta sent l'angoisse de sa tante. Elle voudrait bien l'aider, protéger ses cousines, mais que faire ? Qui a raison, Mâ ou Sali ?

Sali lui tourne brusquement le dos et rentre dans sa case. Il est grand temps pour Fanta de partir à l'école.

L'harmattan soulève toujours la terre à la rencontre du ciel. Fanta secoue sa petite tête bien tressée et presse le pas pour rejoindre les enfants qui sont déjà sur le chemin de l'école. Elle plisse un peu les yeux pour se protéger. Elle n'entend que la fin de la phrase que prononce Nata.

– ... et on aura un cadeau ! C'est vrai que ta grand-mère ne veut pas que tu sois purifiée ? demande-t-elle à Fanta en la voyant arriver. Ma pauvre... continue-t-elle sans attendre la réponse. Ma mère dit que tout le village risque d'être puni... Et puis, tu sais, ajoute-t-elle avec une mine réjouie, elle va me faire une robe avec un rebord de dentelle là et là, dit-elle en montrant les dessous de ses seins et le haut de ses bras.

– Et après, il y aura une grande fête avec les tambours ! ajoute une autre fille.

On ne parle que de la cérémonie qui va avoir lieu dans quelques jours. Le griot sera là, et les joueurs de djembé. Les masques sortiront. On dansera toute la nuit, et on mangera !

Le cœur de Fanta se serre. Sera-t-elle la seule fille de son âge à ne pas être purifiée et à ne pas pouvoir danser avec les autres ? Le maître vient d'ouvrir la porte et le silence se fait parmi les enfants. La matinée se déroule normalement. À midi, Tantie Sali a les lèvres un peu pincées mais elle ne dit rien. Tout l'après-midi, Fanta se demande comment convaincre sa grand-

4 **brusquement** tout à coup – 7 **tressé** *ici :* qui a des tresses – 7 **presser le pas** aller plus vite – 9 **plisser les yeux** fermer un petit peu les yeux – 10 **prononcer** dire – 13 **Ma pauvre...** du tust mir leid – 14 **être puni** recevoir une *punition* (Strafe) – 15 **une mine** *ici :* un air – 15 **réjoui** content – 16 **un rebord** → un bord – 16 **une dentelle** un *tissu* (Stoff) plein de trous qui forment des dessins – 17 **dessous** ≠ dessus – 17 **un sein** Brust – 18 **un tambour** Trommel – 21 **un griot** *en Afrique noire* un homme qui va de village en village pour jouer de la musique, faire de la poésie. Il transmet la tradition oralement. – 21 **un djembé** [dʒɛmbe] un tambour africain dont on joue avec les mains – 27 **pincé** *ici :* zusammengekniffen

mère de leur permettre, à elle et à ses cousines, d'être purifiées comme ses camarades. La classe est finie. Les élèves sont debout, prêts à partir, quand le maître lève la main pour demander aux enfants d'attendre un peu.

– Attention, écoutez bien. Ce soir, après la prière, les mamans doivent venir à l'école pour une réunion exceptionnelle. Répétez !

Tous les élèves marmonnent d'une même voix :

– Ce soir, après la prière, les mamans doivent venir à l'école pour une réunion exceptionnelle.

– Bien. Et n'oubliez pas de faire la commission à vos mamans ! répète le maître.

En arrivant dans la cour, Fanta trouve sa grand-mère au téléphone. Elle tient le cellulaire près de son oreille et elle répète :

– Oui. Oui. Oui…

Elle le dit au moins trois fois. À qui parle-t-elle ? À Delphine, sûrement !

–Tu peux compter sur moi !… Il n'en est pas question !

Elle écoute avec attention, le petit appareil collé à l'oreille.

Mais de quoi, de qui parlent-elles ?

Fanta reste debout à côté de sa grand-mère qui lui tourne le dos et s'éloigne. Fanta entend encore :

– Ne t'inquiète pas, tes frères ne les laisseront pas faire !… Non, le Vieux ne s'en mêlera pas…

Elle dit quelque chose que Fanta n'entend pas, puis elle revient vers la fillette et lui tend le téléphone.

– Tu vas bien ? demande Delphine. Et ta sœur, ça va bien ? Et les oncles, ça va ?

Après avoir demandé des nouvelles de chacun des membres de la famille, des voisins, de l'école, Delphine aborde enfin le sujet qui lui tient à cœur :

3 **debout** levé – 6 **exceptionnel** que l'on ne fait pas en temps normal – 8 **marmonner** dire qc à voix basse et de façon peu claire – 11 **faire une commission** *ici :* faire passer un message – 14 **un cellulaire** un téléphone portable – 27 **tendre** *ici :* donner – 31 **aborder un sujet** commencer à parler de qc

Un silence profond règne sur l'assistance. Se doute-t-on de ce que va dire le maître ? Certaines peut-être…

– La Femme est arrivée ce matin du Mali. Vous en avez toutes entendu parler, j'en suis sûr.

Le maître parle comme s'il ne voyait pas les quelques hommes présents dans l'assistance.

– Elle est venue pour vos filles et beaucoup d'entre vous, j'en suis sûr, ont déjà fait appel à ses services, mais savez-vous que c'est un crime ? Un crime interdit par la loi de notre pays ? Un crime contre vos filles, qui risquent d'y perdre la vie, et qui sont sûres d'y perdre le sens du plaisir !

Une rumeur de protestation s'élève dans le public des femmes. De quel droit un homme se permet-il de parler du plaisir des femmes !

Une ou deux femmes sortent, indignées. Le maître continue comme s'il ne le voyait pas.

– Les policiers viendront vous mettre en prison, et vous aurez à payer plusieurs milliers de francs CFA !

Un homme lève la main pour prendre la parole :

– Pourquoi les policiers veulent-ils empêcher nos femmes d'obéir à la coutume ? s'étonne-t-il.

– Vous croyez que la circoncision des filles est à peu près pareille que celle des garçons, répond le maître, mais vous vous trompez. Ce n'est pas seulement une douleur momentanée, c'est une mutilation définitive. Les risques d'hémorragie et d'infection sont beaucoup plus importants que pour la circoncision, et même quand la victime réchappe à ces risques, elle reste empêchée dans ses fonctions naturelles…

1 **profond** *ici :* complet, absolu – 6 **présent** *ici :* qui est là – 10 **un crime** un délit, qc d'illégal – 12 **une protestation** l'action de dire que l'on est pas d'accord avec qc ou qn – 15 **indigné** qui trouve que ce qui se passe est injuste – 18 **un franc CFA (Franc de la Communauté Financière d'Afrique)** la *devise* (Währung) du Bénin, Burkina-Faso, Côte-d'ivoire, Guinée-Bissau, Mali, Sénégal, Niger et Togo – 23 **pareil** le/la même – 24 **se tromper** ≠ avoir raison – 25 **une mutilation** le fait de perdre un *membre* (Körperglied) ou un organe – 27 **réchapper** überstehen – 28 **empêché** *ici :* handicapé

C'est un organe à part entière dont la femme est privée, et non un simple morceau de peau…

Mâ écoute le maître sans rien dire. On lui jette des coups d'œil de côté. Est-ce elle qui a provoqué cette réunion ? On sait bien au village qu'elle n'a pas respecté les coutumes, et les langues vont bon train. Même si les Dao représentent la moitié des habitants du village, on se méfie de la Vieille et de ses enfants. Ceux qui reviennent d'Abidjan, et il y en a beaucoup, surtout depuis les événements, n'ont-ils pas oublié les valeurs traditionnelles ?

Presque tout le monde a eu besoin une fois ou l'autre de la mobylette de Bégué pour aller chercher des médicaments en ville, ou pour lui confier une batterie à recharger ou quelque autre achat, certains viennent le voir pour approvisionner leur téléphone, pour téléphoner ou pour recevoir un appel, et jamais Bégué n'a refusé un service, mais ça n'empêche pas de parler derrière son dos ! Les mauvaises langues n'ont pas oublié la fuite de Delphine, les colères de son mari, son refus d'écouter ses oncles. Et maintenant, envoyer une fille à la grande école ! Les jalousies nourrissent aussi la méchanceté et la méfiance.

Mâ n'a que faire des racontars, elle pense à ce jour maudit où on a emmené sa petite sœur pour la faire couper. La petite n'avait pas six ans, et la Vieille, qui n'était encore qu'une petite Kadidja de dix ans, l'a portée elle-même sur son dos jusqu'au lieu du crime. Car c'est un crime, dont le souvenir s'est imprégné dans sa mémoire : la petite qui se débat, les femmes qui lui tiennent les bras et les jambes, la matrone qui s'approche avec son couteau, les hurlements…

1 **privé de qc** quand on n'a plus qc – 3 **jeter un coup d'œil** regarder de façon très rapide – 4 **provoquer** *ici :* être à l'origine – 7 **se méfier** ne pas avoir confiance – 12 **une mobylette** un vélo avec un moteur – 13 **confier** *ici :* donner à garder – 13 **recharger** faire le plein d'électricité – 14 **un achat** → acheter – 14 **approvisionner** recharger – 18 **une fuite** *ici :* partir loin sans rien dire à personne pour ne pas être retrouvé – 20 **une jalousie** *ici :* un mélange d'envie, de haine et de méchanceté – 20 **nourrir** *ici :* faire grandir, faire durer – 20 **la méfiance** ≠ la confiance – 21 **un racontar** une rumeur, une histoire sans fondements – 21 **maudit** détesté – 25 **imprégner** *ici :* marquer – 26 **la mémoire** tout ce dont une personne se souvient – 28 **un hurlement** un cri

Sa propre purification, la Vieille ne s'en souvient pas mais celle de sa sœur Delphine, elle ne pourra jamais l'oublier. La petite est morte quelques heures plus tard, dans ses bras. Il y avait du sang partout…

Sali est debout à côté d'elle. Elle ne sait rien de la mort de la première Delphine. La Vieille n'en a jamais parlé à personne, pas même à son mari. Elle a gardé secrète cette douleur, mais elle est restée inconsolable. Plus jamais elle ne sera complice de cette horrible chirurgie. Aujourd'hui ses fils sont des hommes à leur tour, et ils peuvent faire respecter leur mère.

Sali regarde le maître d'école. Et s'ils avaient raison, lui et la Vieille ? Si elle faisait du mal à ses petites en voulant leur faire du bien ?

1 **propre** *ici :* eigen – 8 **inconsolable** qui ne peut pas retrouver le bonheur – 8 **être complice de qc** aider à faire qc de mal ou ne rien faire pour l'arrêter

Chapitre 7

Le départ de Bégué

C'est le moteur de la mobylette qui a réveillé Fanta ce matin. Le coq semblait lui répondre avec ses vigoureux cocoricos.

Le ciel est pur, dégagé de toute trace d'harmattan.

Bégué s'est assuré que la vieille moto tournait bien. Les vêtements qu'il va livrer forment un tas plus haut que lui à l'arrière de son véhicule, il les a soigneusement emballés pour les protéger de la poussière, et maintenant il passe saluer sa mère et lui donner de l'argent.

Il soulève la terre sèche et légère en faisant demi-tour juste devant elles. Une poule apeurée court en battant lourdement des ailes. Médor, couché comme un sphinx, les deux pattes allongées devant lui, bat de la queue en regardant son maître. En principe Bégué sera rentré ce soir, à moins qu'il ne passe la nuit chez l'oncle, au village de Bissa... Peut-être ramassera-t-il d'autres commandes en route. C'est bientôt la fête du mouton – la tabaski – que tout le monde célèbre, y compris ceux qui ne sont pas musulmans. C'est l'occasion de se faire coudre un habit nouveau, même s'il faut aussi économiser pour acheter le mouton !

Sali finit d'écraser le mil qu'elle a pilé la veille avec Fanta pour en faire une fine farine. Elle regarde s'éloigner son mari, les genoux un peu écartés, trop grand pour sa Yamaha 80, une « Yamaha dame », comme on dit ici. Elle est fière de lui. C'est un bon mari. Comme tous les hommes il aime bien boire le tchapalo avec ses amis et fumer de temps en temps une cigarette américaine, mais il pense d'abord à nourrir la famille.

3 **vigoureux** fort – 4 **dégagé de qc** sans – 5 **s'assurer** *ici :* contrôler – 7 **un véhicule** un moyen de transport, comme une moto, une voiture, etc. – 7 **emballer** einpacken – 8 **protéger** ≠ exposer, attaquer – 11 **apeuré** qui a peur – 12 **une aile** Flügel – 12 **une patte** la jambe d'un animal – 16 **un mouton** l'animal qui donne la *laine* (Wolle) – 19 **économiser** sparen – 26 **le tchapalo** [tʃapalo] une bière africaine faite avec du *mil* (Hirse)

Sali se demande si la Vieille lui a parlé de la réunion à l'école. Il n'en a rien dit, et elle n'a pas osé aborder une question aussi privée avec lui.

Tout le monde est levé. Bégué roule doucement entre les maisons, saluant les uns et les autres. Il s'arrête dans la cour d'Ignace pour acheter une bouteille d'essence qu'il vide dans son réservoir et rend au garçon avant de repartir à travers le village. Il ne s'agit pas de tomber en panne, il lui faudrait pousser sa machine à travers la piste jusqu'au goudron et même jusqu'à Boromo ! Il n'y a pas d'autres dépôts sur le chemin.

La mosquée disparaît bientôt derrière lui tandis qu'il roule à petite vitesse entre les ornières et les souches de bois. Un oiseau à longue queue s'envole, déployant ses ailes bleues que le soleil illumine. Quelques fragments de coton sont restés accrochés par-ci par-là sur les tiges raides qui s'élèvent bien alignées de place en place, comme de minuscules nuages blancs. La piste monte et descend, contourne les obstacles les plus gros, s'accommode des accidents de terrain. Parfois, elle se divise en deux parties à peine visibles. Des maisons mossi, toutes rondes avec leurs toits de paille, sont dispersées à travers la brousse. D'une main, Bégué renfonce son bonnet que le vent soulève. Il roule paisiblement au milieu du paysage familier. Les cris aigus des oiseaux lui font parfois tourner la tête. Ah, s'il avait un fusil !

3 **privé** intime, personnel – 7 **un réservoir** la partie du véhicule dans laquelle se trouve l'essence – 9 **une piste** *ici :* un chemin de terre – 9 **le goudron** *ici :* l'asphalte – 10 **un dépôt** *ici :* une station-service – 13 **à petite vitesse** pas très vite – 13 **une ornière** la trace plus ou moins *profonde* (tief) que laisse un véhicule dans le sol – 13 **une souche** ce qu'il reste d'un arbre après qu'il a été coupé (Baumstumpf) – 14 **déployer** ouvrir – 15 **illuminer** strahlen – 16 **accroché** attaché – 16 **raide** dur, rigide – 17 **aligné** rangé en ligne – 17 **minuscule** très petit – 18 **contourner** éviter – 18 **un obstacle** qc qui bloque le passage/chemin – 19 **se diviser en plusieurs parties** se couper en plusieurs parties – 20 **visible** que l'on peut voir – 20 **mossi** *adj inv* une ethnie africaine que l'on trouve principalement au Burkina Faso – 20 **rond** en forme de cercle – 21 **la paille** *ici :* Stroh – 21 **dispersé** *ici :* construit à plusieurs endroits différents – 22 **renfoncer son chapeau sur la tête** den Hut tiefer in die Stirn ziehen – 23 **paisiblement** de façon tranquille

Le soleil tape avec vigueur sur ses bras nus. L'air chaud caresse agréablement son visage. Pas besoin de se fatiguer à pédaler, la moto roule toute seule. Dans une heure, il sera à Boromo. Il se souvient du temps où il devait y aller à pied. Il partait tôt le matin, avant que le soleil ne chauffe, et il mettait plus de quatre heures pour arriver, transpirant, à la ville. Il se souvient cependant sans déplaisir de ces grandes marches à travers la brousse toute bruissante d'oiseaux. L'amour de son pays lui est venu par les pieds, ses pieds nus sur la terre. Il est monté jusqu'à son cœur comme une sève. Chaque pas l'a fait grandir. Il est vrai qu'à cette époque il n'allait pas souvent jusqu'à la ville. Il n'y avait pas de batterie à charger, ni d'argent à aller chercher, ni de petite nièce à visiter… Le village était entièrement autonome, et ce que l'on n'avait pas, eh bien, on s'en passait ! Ça n'empêchait pas d'être heureux, de faire la fête et de se battre avec les camarades de son âge, au milieu du cercle admirateur qui tapait des mains pour accompagner les lutteurs !

Bégué ne sait pas lire ni écrire, mais il connaît toutes les plantes, tous les arbres, toutes les ressources de la brousse. Il sait trouver la feuille qui le rafraîchira, et celle qui soignera les diarrhées, il peut suivre la piste d'un phacochère et viser une grue en plein vol. Le monde change. Ses enfants iront à l'école, même les filles, comme ses cousines. Il sourit avec bonheur en pensant au petit dernier, Siaka. Le petit est déjà beau pour ses deux ans.

1 **une vigueur** une énergie – 2 **se fatiguer** sich überanstrengen – 3 **pédaler** in die Pedale treten – 6 **chauffer** devenir chaud – 7 **transpirant** qui perd de l'eau quand il fait trop chaud – 8 **le déplaisir** ≠ le plaisir – 9 **bruissant** plein de bruit – 11 **la sève** le sang des arbres – 13 **charger** faire le plein d'électricité (→ recharger) – 18 **un cercle** Kreis – 18 **admirateur** *ici :* qui regarde avec enthousiasme – 19 **un lutteur** une personne qui se bat avec un adversaire – 21 **une ressource** *ici :* que l'on utilise pour vivre, soigner (Bodenschätze) – 22 **rafraîchir** ≠ réchauffer – 23 **une diarrhée** Durchfall – 23 **un phacochère** Warzenschwein – 23 **viser** *ici :* tuer – 24 **une grue** *ici :* un oiseau aux longues pattes

Contrairement à son frère Pangatié qui rêve de partir, Bégué n'a pas envie de quitter le village et d'aller rejoindre sa sœur à Paris. D'abord il faut bien que quelqu'un reste pour s'occuper de la maman. Et puis il se plaît là, sur la terre de ses ancêtres, même si elle est dure, même s'il rentre parfois des champs les reins brisés d'avoir retourné des tonnes de terre avec sa daba, même si la chaleur l'empêche parfois de dormir plusieurs nuits de suite.

La lumière baigne la brousse. Les arbres sont des présences amicales qui accompagnent chaque tour de roue. La batterie bien calée dans le sac à dos l'assure aussi de sa force. Un vélo arrive en sens inverse. Les deux hommes se saluent. Plus loin c'est un âne qui tire une carriole vide dans laquelle le conducteur s'est nonchalamment allongé. L'homme s'est sans doute levé avant le jour pour porter ses légumes au marché, maintenant il revient, son âne connaît le chemin, l'homme peut dormir tranquille dans sa charrette vide.

Bégué approche du goudron. On commence à entendre les moteurs des camions qui foncent vers Bobo-Dioulasso ou vers Ouagadougou… Le voilà maintenant sur la route. Il a intérêt à bien tenir sa droite, et même un peu plus encore car les gros véhicules qui le doublent dans un nuage de fumée ne s'écarteront pas pour lui !

Encore quelques kilomètres et le voilà à Boromo. Il ne va pas gaspiller ses sous à une table de café devant une bière. Même si la piste lui a desséché les lèvres, il attendra qu'on lui offre une

1 **contrairement** ≠ comme – 6 **avoir les reins brisés** avoir très mal au dos – 6 **une daba** un outil africain que l'on utilise pour travailler le sol. Il est fait d'un *bâton* (Stock) *courbé* (gebogen) avec un morceau de métal fixé au bout – 9 **une présence** Anwesenheit – 10 **amical** sympathique (→ un ami) – 10 **une roue** [RU] qui permet à un véhicule de rouler (Rad) – 11 **caler qc** fixer qc un pour que cela ne bouge plus – 12 **inverse** contraire – 13 **tirer** ziehen – 13 **une carriole** un véhicule tiré par un animal (Karren) – 14 **nonchalamment** sans faire attention – 17 **une charrette** une carriole – 19 **foncer** aller très vite – 20 **avoir intérêt à faire qc** *ici :* devoir faire attention à faire qc – 22 **doubler** dépasser – 25 **gaspiller** ≠ économiser – 26 **dessécher** faire que qc devienne sec

calebasse d'eau quand il arrivera dans la cour du tuteur de Bintou.

Il est environ quatre heures de l'après-midi quand Bégué repart pour Bissa où il doit passer saluer l'oncle et parler avec lui des prochains achats de semences. Il y a toujours autant de camions et de cars sur la route et c'est avec soulagement qu'il quitte le goudron pour prendre la piste. La lumière commence à s'atténuer, baignant le paysage dans une douceur formidable. Il évite habilement les trous, s'arrête pour écarter un caillou ou une branche. Là justement, c'est un vrai barrage. Il repose sa moto sur la béquille pour enlever le tronc qui coupe la piste quand soudain, deux hommes armés de revolvers surgissent des buissons.

1 **un tuteur** *ici :* une personne qui s'occupe officiellement d'un enfant – 5 **une semence** un grain – 6 **le soulagement** Erleichterung – 8 **une douceur** *ici :* Milde – 9 **habilement** [abilmɑ̃] avec talent – 10 **un barrage** un obstacle – 10 **reposer** *ici :* appuyer – 11 **un tronc** le corps d'un arbre, la partie entre les *racines* (Wurzel) et les branches – 12 **soudain** tout à coup – 12 **armé** qui a une *arme* (Waffe) – 12 **surgir** apparaître tout à coup

Chapitre 8

Questions de femmes

On ne rit pas ce matin autour du puits. Jeunes et vieilles, toutes les femmes ne parlent que de ça : le discours du maître d'école. Plusieurs hésitent maintenant à confier leurs filles à l'exciseuse. Certaines sont allées demander conseil au marabout, qui est considéré par les musulmans comme un sage, il leur a affirmé qu'il n'était écrit nulle part dans le Coran qu'il faille purifier les filles de cette façon.

Le Père blanc qui dit la messe dans l'église voisine a répondu à ses fidèles que ce n'était pas bien. Alors ?

Les plus acharnées prédisent tous les malheurs à celles qui céderaient aux arguments des Blancs et oublieraient leur culture.

– Mais le maître n'est pas blanc… dit Sali.

– Il est allé dans leur école ! Ils lui ont mangé l'âme, et nous, folles que nous sommes, nous lui laissons manger l'âme de nos enfants ! Que Dieu déchire sa bouche ! clame Dagouba.

Personne n'ose répondre à la doyenne de l'assemblée. La plupart des femmes présentes ne savent ni lire ni écrire. Aucune n'a entendu parler auparavant de la loi qui interdit l'excision au Burkina. Cette annonce les ébranle sérieusement. Elles ignorent même le mot d'excision, n'ayant jamais entendu que celui de purification. Est-il possible qu'une telle loi existe ? Peut-on vraiment les emmener en prison ?

La Femme n'est pas venue au village depuis au moins deux ans… Elle dit que ce sont les hommes qui ont voté cette loi, des hommes qui ont appris à lire chez les Blancs et qui ne

3 **un discours** Rede – 6 **un sage** qn qui a une grande sagesse – 6 **affirmer** dire qc en se montrant sûr de soi – 11 **acharné** dur, obstiné, extrêmiste – 11 **prédire** annoncer, promettre – 12 **céder aux arguments de qn** changer d'avis après avoir écouté les arguments de qn – 17 **clamer** dire très fort, crier – 18 **le doyen** *ici :* la personne la plus vieille d'un groupe, d'une famille, etc. – 20 **auparavant** avant – 21 **ébranler** *ici :* erschüttern

connaissent rien aux problèmes des femmes. Elle dit aussi, répète Dagouba, que les hommes votent la loi mais qu'ils ne veulent pas épouser les filles impures !

– En tout cas, moi je ne laisserai pas mes nièces salies ! crie Dagouba avant de s'éloigner, son canari plein d'eau sur la tête, droite et dure.

Après son départ, ses petites sœurs se regardent, inquiètes. Devraient-elles empêcher Dagouda d'emmener leurs filles à la Femme ? Mais comment le pourraient-elles ? Dès qu'elles seront au champ ou ailleurs, la tante emmènera les petites et elles n'auront rien à dire ! Sali ne sait plus ce qu'elle veut. De toute façon, sans l'accord de Mâ, elle ne pourra rien faire. Son mari ne lui donne jamais d'argent, c'est toujours à la Vieille qu'il confie de quoi faire les achats pour la famille.

Elle repart avec Fanta, portant chacune un grand seau de plastique sur la tête. La petite respecte le silence de la grande. Quand elles arrivent, Mâ a rallumé le feu et elle a commencé à préparer des galettes. Siaka a posé la tête sur ses genoux, tandis que les petites filles jouent avec un peu de farine et s'efforcent d'imiter leur grand-mère. Sali les regarde tendrement.

« Le monde change, pense-t-elle, et peut-être est-ce mieux ainsi ! »

Assiatou vient de sortir de la chambre de son mari. Son ventre est toujours plat comme celui d'une jeune fille. Que deviendra-t-elle si Pangatié réussit à partir en France comme il l'espère ? Elle devra rester seule ici à attendre qu'il revienne ou qu'il envoie de l'argent ? Si elle a un fils, il ne verra pas son père… Un jour peut-être il la fera venir, dans ce pays où il fait si froid qu'on vit enfermé dans les maisons, de grandes maisons où l'on habite les uns sur les autres. Seuls ceux qui sont au dernier étage ont le ciel sur leur tête. Sali frémit à la perspective de vivre écrasée sous des dizaines de familles qui habiteraient

3 **impur** ≠ pur – 4 **sali** *ici :* impur ≠ propre – 15 **un seau** Eimer – 17 **rallumer** ≠ éteindre – 18 **une galette** *ici :* Fladen – 20 **tendrement** zärtlich – 31 **frémir** trembler – 32 **écrasé** erdrückt

plus forts, mais comment attraper ce qui s'envole ? Les abeilles rentrent dans la trompe des éléphants, dans les oreilles de la panthère et toute la troupe de pattes s'enfuit. Les tortues tombent dans les trous creusés par l'éléphant et le coq lance des cocoricos triomphants !

De belles petites tresses bien serrées et bien raides rayonnent autour du crâne de Fatou.

– Bon ! Si tu es plus fort que quelqu'un, il ne faut pas le minimiser. Il faut avoir le respect de tout un chacun ! conclut Fanta. Maintenant, tu es grande. Nous allons faire la lessive ensemble pour que ton papa trouve une chemise bien propre en rentrant. Peut-être qu'il nous rapportera des gâteaux de sésame de Boromo !

Au loin, on entend le battement d'un djembé. C'est l'appel de l'exciseuse. Déjà, les fillettes sont emmenées dans la cabane où les attend la Femme avec son couteau.

Sali lève la tête. Mâ est assise sur une natte, les jambes allongées devant elle, elle carde du coton en surveillant les petites. Kadidja est assise à côté d'elle et s'exerce à imiter les gestes de sa grand-mère. Presque soixante ans séparent les deux Kadidja.

5 **triomphant** qui est content d'avoir gagné – 6 **rayonner** strahlen – 9 **minimiser** *ici :* penser que qn n'est pas important – 11 **propre** ≠ sale – 14 **un battement** *ici :* un bruit – 15 **une cabane** une petite maison en bois – 20 **Presque 60 ans séparent les deux Kadidja.** Les deux Kadidja ont environ 60 ans de différence.

Chapitre 9

Les coupeurs de route

Nata n'est pas venue à l'école ce matin. Elle n'est pas la seule à manquer, un grand nombre de petites filles sont absentes. Le maître soupire, hoche la tête et fait sa leçon sans rien dire. En sortant de l'école, à midi, les enfants chuchotent, certains disent qu'ils ont entendu des pleurs, des chants, des youyous… On dit que la Femme est repartie à l'aube.

À la fin de la classe, Fanta se hâte de rentrer. Et si Tantie Sali, profitant de l'absence de Bégué, avait quand même fait couper les petites pendant la nuit… Ce matin quand elle s'est levée, Fanta n'a pas vu ses cousines. Elle a pensé que les fillettes dormaient encore et ne s'est pas inquiétée. Sa gorge se serre à l'idée qu'on ait fait du mal à Kadidja ou à sa chère Fatou. Fatou qu'elle a portée sur son dos jusqu'à la naissance de Siaka…

Fanta court sous le soleil, son petit cartable vide brinquebale sur son dos.

Dans la cour règne une agitation anormale. Le cœur de Fanta bat encore plus fort. Mâ lève les bras au ciel. Bégué est rentré, il a l'air fâché. Sali s'est jointe à eux et se lamente, elle aussi. Fanta s'approche timidement.

Bégué serre les poings.

– J'irai à la police, dit-il.

– À quoi bon, ils vont te demander de l'argent et ils ne feront rien, tu sais bien ! dit Mâ.

Fanta ne comprend pas : Tonton Bégué veut dénoncer Tantie Sali !

– J'irai quand même, répète Bégué, le front bas.

1 **un coupeur de route** un criminel qui *tend des pièges* (jdm eine Falle stellen) sur la route aux gens qu'il veut voler – 6 **un youyou** un cri aigu poussé par les femmes musulmanes en certaines occasions – 8 **se hâter** faire vite – 12 **s'inquiéter** → inquiet – 15 **brinquebaler** hin- und herwanken – 19 **se joindre à qn** sich anschließen – 19 **se lamenter** se plaindre en pleurant – 25 **dénoncer** donner à la police le nom de qn qui a fait qc d'illégal

Il a les pieds couverts de poussière et son front luit de transpiration.

– Va chercher de l'eau pour ton oncle, dit Mâ à sa petite-fille, qui se précipite pour amener une calebasse.

– Ils étaient deux, avec des revolvers… que pouvais-je faire ? répète Bégué.

Il est furieux. Et ce n'est pas contre Tantie Sali.

Peu à peu, Fanta comprend toute l'histoire.

Des coupeurs de route ont volé sa mobylette à Tonton Bégué sur la route de Bassi. Ils avaient préparé un barrage avec un arbre, et quand Bégué est descendu de sa moto pour dégager la piste, ils ont menacé de le tuer, ils avaient des revolvers, de gros revolvers. Si ça se trouve, ils n'étaient même pas chargés, rage Bégué, mais comment être sûr ? Ils sont montés sur la moto et ils sont partis. Il n'a rien pu faire. Il a vu sa moto, avec les deux hommes dessus, disparaître en direction du goudron. Le pire est d'avoir été réduit à l'impuissance par ces revolvers, sans même pouvoir se défendre loyalement, comme un homme ! Il a été obligé de rentrer à pied. Il a dormi quelques heures au pied d'un karité en attendant que le jour se lève. Il a dû traverser le village à pied, devant tout le monde. Il vient d'arriver dans sa cour, plein de colère, humilié, dépossédé.

Les petites sont accroupies près du feu. Fanta soupire, soulagée. Même si elle est vraiment triste pour Tonton Bégué, elle préfère qu'il se soit fait voler la moto plutôt que les petites aient été coupées et saignées comme a dit Mâ.

Tout le monde commente l'événement, les femmes poussent des cris et lèvent les bras au ciel. Les voisins ont envahi la cour pour partager la colère de Bégué.

Le vol est vraiment un crime très grave. Une fois, Fanta s'en souvient, un voleur de bétail s'est fait attraper. Le village entier

1 **luire** briller – 4 **se précipiter** courir – 7 **furieux** très en colère – 12 **menacer de faire qc** drohen, etw zu tun – 17 **être réduit à l'impuissance** ne rien pouvoir faire – 20 **un karité** un arbre africain appelé « arbre à beurre ». On utilise ses fruits pour faire du beurre de karité. – 22 **humilié** qui a perdu sa *dignité* (Würde) – 22 **dépossédé** à qui on a tout pris – 24 **soulagé** qui a retrouvé le calme – 26 **saigné** *ici :* à qui on a pris tout son sang – 31 **le bétail** les animaux de *ferme* (Bauernhof)

lui est tombé dessus avec des bâtons, des daba, des serpettes. Personne n'a prévenu la police et le corps a été enterré en dehors du village.

Et comment feront-ils maintenant sans mobylette pour aller à Boromo ? Elle comprend la colère de son oncle. Elle lui apporte un grand seau d'eau, et la chemise qu'elles ont lavée la veille, Fatou et elle, et que Sali a repassée en mettant des braises dans le gros fer en fonte.

Bégué donne une petite tape distraite sur le crâne de la fillette. Médor, le chien, s'est aplati aux pieds de son maître, tout heureux de le retrouver, mais Bégué, agacé, l'écarte brutalement et marche à grands pas jusqu'au muret de la douche.

L'eau fraîche délasse ses muscles et emporte la poussière de la piste. Il s'étire avec volupté. Un soleil éclatant fait briller sa peau noire et mouillée. Il pourrait être mort à cette heure car il n'est pas rare que les coupeurs de route achèvent d'un coup de bâton sur la tête ceux qu'ils ont dévalisés. Il devrait être content, il s'en tire à bon compte, mais la fureur continue à bouillonner en lui. Il pense à Delphine qui a travaillé dur en France pour économiser de quoi payer cette moto. À ce qu'il aurait pu acheter d'autre avec cet argent. Comment lui annoncer qu'il se l'est fait voler, comme un enfant ! Jamais il ne pourra gagner assez pour en racheter une, même en faisant le tailleur le soir et en travaillant aux champs dans la journée…

Les voisins ont déguerpi. Après sa douche, Bégué part à grands pas voir son ami l'infirmier Ibrahim. Il est si furieux encore qu'il manque de marcher sur les graines de néré qui sèchent au soleil.

1 **une serpette** Gartenmesser – 2 **prévenir** informer – 7 **repasser** *ici :* bügeln – 7 **une braise** Glut – 10 **s'aplatir** *ici :* se coucher – 11 **agacé** énervé – 13 **délasser** ≠ fatiguer – 14 **la volupté** le plaisir – 14 **éclatant** strahlend – 15 **mouillé** ≠ sec – 16 **achever** *ici :* tuer – 17 **dévaliser** voler à qn tout ce qu'il a – 18 **la fureur** la rage, la colère – 18 **bouilloner** vor Wut schäumen – 25 **déguerpir** partir – 27 **un néré** un arbre africain dont on mange les graines – 27 **sécher** devenir sec

Ibrahim est assis sous un karité avec quelques hommes du village. Il se lève pour donner son siège à Bégué.

– Assieds-toi, mon ami…

Sautant les salutations d'usage, il dit :

– Alors tu as rencontré des coupeurs de route ? À quel endroit exactement ?

Bégué recommence son histoire. Ce n'est pas la première fois qu'arrive ce genre de choses, mais c'est la première fois que quelqu'un du village est concerné ! Les langues vont bon train.

– Parfois les coupeurs de route posent une corde sur la piste, et quand quelqu'un arrive sur une moto qui leur plaît, ils tirent la corde et l'homme emporté dans sa course tombe en avant et se fracasse le crâne. Et la plupart du temps, ces bandits achèvent eux-mêmes le travail à coups de bâton ! raconte l'un d'eux.

– Sur la route de Bobo, il y a des coupeurs de route munis de kalachnikovs qui arrêtent les camions et forcent les chauffeurs à leur donner de grosses sommes d'argent pour pouvoir continuer, dit un autre.

– Et qui possède des kalachnikovs ? lance un jeune homme.

Personne ne répond. Tous savent bien que seuls les policiers peuvent avoir des kalachnikovs… Ibrahim dit qu'il a lu dans le journal qu'en décembre dernier, des voleurs avaient assailli une équipe médicale en pleine vaccination à midi à Mookin Yarsé, à quarante kilomètres de Boulsa.

– Ils leur ont pris leurs motos Yamaha et ont continué chez le trésorier du CSPS qui détenait la caisse du dépôt pharmaceutique. Là, ils ont vidé cette caisse jusqu'à son dernier centime !

2 **un siège** un objet sur lequel on s'asseoit (Sitz) – 4 **sauter** *ici :* laisser, sans faire qc – 4 **les salutations** *fpl* **d'usage** *m* Grußformel – 13 **fracasser** casser – 13 **un bandit** un criminel, un gangster [gãgstɛʀ] – 15 **muni de qc** avec qc – 16 **forcer** obliger – 16 **un chauffeur** Fahrer – 19 **posséder** avoir – 22 **assaillir** attaquer – 23 **une équipe médicale** un groupe d'infirmiers et de docteurs – 23 **une vaccination** Impfung – 26 **un trésorier** une personne qui s'occupe des finances d'une *collectivité* (Gemeinschaft) – 26 **CSPS** Centre de Santé et de Promotion Sociale – 26 **détenir** avoir – 27 **vider** tout prendre (→ vide)

Chapitre 10

La fin d'une amitié

Nata est revenue à l'école, le teint gris et les jambes tremblantes. Elle reste collée aux autres initiées comme un mouton effrayé. Elles se tiennent à l'écart, les yeux fuyants, le visage fermé. Elles ne veulent rien raconter de ce que leur a fait la Malienne. « On ne doit pas en parler », répètent-elles seulement en détournant les yeux. Fanta les regarde avec un mélange de méfiance et d'envie. Elle s'approche de son amie et, sans rien dire, elle lui prend la main, mais Nata se dégage d'un geste brusque et s'éloigne. Des larmes brillent dans ses yeux.

Le maître n'a rien demandé aux absentes. Il fait réciter la chanson comme s'il ne remarquait pas leurs regards apeurés et leurs gestes contraints.

À la récréation, les garçons viennent voir Fanta.

– C'est vrai que ton oncle s'est fait voler sa Yamaha dame par des coupeurs de route ? demandent-ils.

– Moi je les aurais assommés ! clame Mamadou, en faisant de grands mouvements de jambes et de bras imités des films qu'il a vus à la télévision, dans la cour du chef du village. Les garçons se lancent alors dans un simulacre de lutte et roulent dans la poussière en riant jusqu'à ce que le maître fasse rentrer tout le monde.

– Ouvrez votre livre de lecture à la page 12, demande-t-il.

Tous ensemble, les élèves ânonnent les premières lignes. Leurs lèvres bougent mais leur esprit est ailleurs… Comme toutes ses camarades, Nata bredouille les syllabes sans chercher

2 **un teint** *ici :* une nuance de la couleur du visage – 3 **un initié** *ici :* une personne qui connaît les secrets d'un rituel, d'une cérémonie – 3 **effrayé** qui a peur – 4 **se tenir à l'écart** ≠ s'approcher – 5 **un Malien** du Mali – 9 **se dégager** sich befreien – 9 **brusque** rapide, brutal – 11 **réciter** dire un texte que l'on a appris par cœur – 13 **contraint** ≠ naturel, forcé – 17 **assommer** bewusstlos schlagen – 20 **un simulacre** une imitation – 20 **une lutte** un combat – 24 **ânonner** [anɔne] lire un texte avec hésitation – 25 **ailleurs** à un autre endroit – 26 **bredouiller** ânonner

à comprendre. Fanta a l'impression qu'un fossé infranchissable s'est désormais creusé entre elles.

À la fin de l'année, Nata arrêtera l'école, tandis que Fanta partira à Boromo pour entrer au collège. Elle rejoindra Bintou. Et plus tard, alors que Nata sera mariée sans doute et peut-être mère déjà, Fanta partira en France. Elle y est bien décidée ce matin. Elle veut gagner de l'argent, comme sa mère, pour pouvoir racheter une moto à son oncle, et en acheter une aussi à chacune de ses cousines. Pourquoi les filles ne pourraient-elles pas conduire des motos elles aussi ? Du bout de sa baguette, le maître lui frappe un léger coup sur la tête. Elle s'applique à retrouver le fil de la lecture mais tant de choses lui tournent dans l'esprit.

Quand elle rentre, les femmes sont occupées à tisser. La cuisine n'est pas prête et il faut aller chercher de l'eau, et aussi du bois. Les grands canaris sont vides. Il n'y a plus de feuilles de baobab pour la sauce, sur les arbres ne pendent que les pains de singe que les enfants essaient de faire tomber, avec un bâton, ou en lançant des cailloux, pour en mâchonner la pulpe sèche comme du coton et acidulée. Cette pulpe que Mâ écrase en une sorte de farine qui dure toute l'année et qui, mêlée à l'eau, nourrit et rafraîchit.

– C'est assez pour aujourd'hui, mes filles, allez à la pompe… prenez les grands seaux, dit Mâ, mon fils aura besoin de se doucher quand il rentrera.

– Et toi, prépare du beurre de karité pour masser ton oncle quand il reviendra, ajoute-t-elle à l'intention de Fanta. Et puis tu iras voir si Mamie Awa a quelques condiments. Moi je vais chercher du bois !

– Tonton Bégué est parti ? interroge Fanta.

– Il est allé porter plainte, soupire Mâ.

1 **un fossé** *ici :* Kluft – 1 **infranchissable** que l'on ne peut pas *franchir* (überwinden) – 2 **désormais** maintenant – 14 **tisser** fabriquer du tissu – 16 **un canari** *ici : récipient en terre cuite* (Tontopf) pour garder l'eau potable – 17 **pendre** être accroché à qc par le haut – 19 **mâchonner** [maʃɔne] kauen – 20 **acidulé** säuerlich – 21 **mêlé** mélangé – 28 **un condiment** Gewürz

– Mais comment y est-il allé ?

– Le chef l'a amené en voiture.

– Le chef ! En voiture ! s'étonne Fanta.

– Il avait une affaire là-bas… Ils ramèneront Bintou !

Fanta est tout heureuse à l'idée de voir sa sœur. Elle n'avait pas pensé à ça ! Comment Bintou ira-t-elle et reviendra-t-elle de Boromo désormais ? Il n'y aura pas la voiture du chef à chaque fois…

Comme si elle avait lu dans ses pensées, Mâ dit :

– Ibrahim aussi a une moto et va régulièrement à la ville, et puis Ignace… Même si Bintou ne peut pas revenir chaque semaine, elle sera là presque aussi souvent qu'avant. Ne t'inquiète pas !

Fanta a déjà sorti le beurre de karité qu'elle manie vigoureusement en y ajoutant du jus de citron pour le parfumer.

– Tu ne veux pas que je t'accompagne ? demande-t-elle à sa grand-mère.

– Non, il faut que quelqu'un garde la cour et les petits…

Fanta pousse un petit soupir de regret. Même si le bois est lourd sur sa tête, elle aime bien ces longues marches à travers la brousse. Il lui semble alors que la terre lui parle, que les oiseaux chantent pour elle, et qu'elle, aussi petite soit-elle, est quelque chose d'important dans le vaste univers.

Tout en préparant le karité, elle fredonne une rengaine qu'elle a entendue à la télévision, dans la cour du chef, et que toutes les gamines chantent en ce moment : « Tango, tango… » La tête du petit Siaka brinquebale contre son dos. Kadidja et Fatou la regardent faire avec admiration. Fanta leur donne à chacune une petite boule de karité dont elles se barbouillent et qu'elles sucent entre leurs doigts. Elle soupire. Nata n'est pas

20 **un regret** → regretter – 24 **vaste** très grand – 25 **fredonner** chanter sans articuler et à voix basse – 25 **une rengaine** une chanson – 27 **un gamin** *fam* un enfant – 29 **l'admiration** *f* Bewunderung – 30 **se barbouiller** se recouvrir – 31 **sucer** lutschen

venue la rejoindre ce soir. Les femmes sont de retour avec l'eau. Fanta peut partir.

« Si je lui apportais un peu de karité en allant chercher des feuilles de baobab ? » se dit-elle. D'autres bambins se sont joints à ses cousines, et c'est entourée d'une dizaine d'enfants qu'elle va vers le petit marché.

À l'entrée de la cour de Nata, elle hésite. Elle a peur que la maman de Nata ne veuille plus qu'elle y pénètre puisqu'elle n'est pas purifiée... Elle avance timidement. Tantie Fidèle est occupée à laver son fils dans une bassine. L'enfant est tout couvert de mousse blanche qui brille sur sa peau noire. Maman Bissa retourne les grains de mil qui fermentent dans les grands canaris de terre pour la préparation du tchapalo. Fanta salue avec une petite révérence chaque femme.

– Bonjour, Maman, ça va bien ? La famille ça va bien ? Et les parents ça va bien...

L'échange mélodieux des questions et des réponses rituelles est une chanson familière, rassurante.

Bissa, la maman de Nata, ne pose aucune question à propos du vol de moto, pourtant elle en a sûrement entendu parler, mais elle se tait. Fanta se dandine, embarrassée. Cette indifférence montre bien que sous le caractère cordial de l'accueil se cachent l'irritation et la colère.

– Nata n'est pas dans la cour ?

– Marie-Thérèse lui fait la coiffure pour la fête, dit Bissa, en faisant un signe de la main pour indiquer une direction.

Fanta passe derrière la cloison de paille. Nata est là, assise sur un tabouret de bois, la tête bien droite sous les doigts experts de Marie-Thérèse.

4 **un bambin** *fam* un enfant très jeune – 5 **entouré** umgeben – 8 **pénétrer** entrer – 10 **une bassine** un grand récipient (Wanne) – 10 **une mousse** Schaum – 13 **la préparation** *ici :* l'action *f* de préparer qc – 14 **une révérence** un geste de salut qui montre le respect que l'on a pour la personne que l'on salue – 21 **se taire** ne rien dire – 21 **se dandiner** von einem Fuß auf den anderen treten – 21 **embarrassé** timide, qui ne sait pas quoi faire ou quoi dire – 21 **une indifférence** ≠ une attention – 25 **une coiffure** Frisur – 27 **une cloison** un mur – 28 **un tabouret** Hocker

– Je t'ai apporté du beurre de karité ! dit Fanta en lui tendant un petit pot de plastique qu'elle a rempli de la crème onctueuse.

– Merci, mais maman m'en a acheté. Parfumé au santal, ajoute fièrement Nata. Fanta reste un moment à regarder les longues mèches que Marie-Thérèse tisse sur la tête de son amie. Le silence s'épaissit.

– Tu peux voir ma robe si tu veux, dit Nata au moment où Fanta s'apprête à repartir. Elle est là, ajoute-t-elle en se levant, la tête à moitié hirsute encore.

Les deux fillettes rentrent dans la maison de Maman Bissa. La robe est étalée sur une natte, magnifique.

Fanta ne sait que dire.

– Elle est belle, n'est-ce pas ? interroge Nata.

– Très belle, répond Fanta, la gorge serrée.

– Allez, viens que je finisse de te coiffer ! crie sa cousine depuis la cour.

Nata reprend place sur le petit tabouret de bois.

– Au revoir ! lui dit Fanta.

Nata lui répond d'un petit signe de main, sans bouger la tête. Fanta sort de la cour, son pot de karité à la main. Elle se met à courir et à sauter comme une petite chèvre échappée. Dans son dos, Siaka, réveillé par les soubresauts de sa monture, rit aux éclats. Fanta cabriole de plus belle ! Autour d'elle, les petits sautent et courent eux aussi, tout excités par les pitreries de leur aînée.

La nuit tombe quand elle revient du petit marché. Les enfants sont retournés dans leur cour. Il n'y a plus que les cousines qui l'accompagnent. Siaka s'est rendormi tranquillement contre son dos. Son corps ne fait qu'un avec celui de sa porteuse. Son poids et sa chaleur donnent à Fanta

2 **un pot** Kanne – 2 **onctueux** sahnig – 4 **le santal** Sandelholz – 10 **hirsute** [irsyt] *ici :* avec les cheveux qui partent dans toutes les directions – 22 **sauter** springen – 22 **échappé** qui a fui – 23 **un soubresaut** Sprung – 23 **une monture** un animal sur le dos duquel on voyage – 23 **rire aux éclats** rire très fort – 24 **cabrioler** faire des *cabrioles* (Luftsprung) – 25 **une pitrerie** qc qui est très drôle – 31 **une porteuse** *ici :* une personne qui porte qc ou qn – 31 **un poids** une masse

un sentiment de tendresse et de force quasi magique. Elle avance d'un pas ferme entre les murs que l'ombre avale. Les oiseaux sont couchés. On n'entend plus que le cri régulier d'un oiseau de nuit, l'aboiement d'un chien. Quelques vaches s'agitent vaguement sous leur toit de paille. Elles se frottent contre les poteaux tordus de leur abri, soupirent et soufflent bruyamment. La terre semble soupirer avec elles, un long soupir de bonheur. Le parfum des grands neems fleuris, exalté par la nuit et porté par le vent, traverse le village de part en part.

La nuit s'épaissit. Bégué n'est pas encore rentré. Les poules ont rejoint le poulailler depuis longtemps. La nuit est complètement noire maintenant. Elle tombe jusqu'à terre comme une robe longue, baigne les arbres et les maisons, recouvre tout. Il n'y a pas de lune. Fanta est assise avec les femmes autour du feu qui brille faiblement dans l'obscurité. De temps en temps, Mâ allume un brin de paille pour vérifier le contenu de la marmite. Une bonne odeur de condiments et d'igname s'en dégage. La petite flamme clignote un instant et dévoile le bas des visages qui disparaissent aussitôt dans l'obscurité.

Au-dessus d'elles se déploie un ciel immense troué d'étoiles minuscules.

1 **une tendresse** un amour – 5 **vaguement** *ici :* un peu – 5 **se frotter** sich an etw reiben – 6 **un poteau** une colonne en bois planté dans le sol – 6 **tordu** ≠ droit – 6 **un abri** Schutz ; *ici :* Unterstand – 7 **bruyamment** ≠ en silence – 8 **un neem** [ni :m] (ou un margousier) un arbre d'origine indienne qui permet de faire des médicaments et des produits d'hygiène – 8 **exalté par qc** *ici :* qui est devenu plus fort – 11 **un poulailler** un abri pour les poules – 15 **faiblement** un peu, pas beaucoup – 16 **un brin** *ici :* une tige – 16 **le contenu de qc** ce qui est à l'intérieur de qc – 18 **clignoter** flackern – 19 **dévoiler** montrer – 21 **se déployer** sich ausbreiten – 21 **immense** très grand – 21 **troué** *ici :* parsemé (übersät)

Chapitre 11

Bintou

Des cocoricos insistants percent le sommeil de Fanta. Elle se retourne et sent avec surprise le corps de sa sœur allongé contre elle. Elle avait oublié que cette dernière était arrivée au milieu de la nuit. La Vieille est déjà levée. Fanta secoue joyeusement sa sœur. Bintou s'étire. Comme elle est belle ! C'est vraiment une femme maintenant, se dit Fanta en la regardant, étonnée qu'elle ait tant changé en si peu de temps.

Enroulée dans un pagne, Bintou sort de la case en se frottant la figure et en bâillant tandis que Fanta est déjà partie chercher la bouilloire pour la toilette. La jeune fille reste debout à l'entrée de la case, sans bouger. Le soleil dégoulinant d'or sort lentement de la terre. À contrejour se découpe la silhouette majestueuse du vieux baobab. Un enfant, pied nu, recouvert d'un sac de jute posé comme un capuchon sur sa tête, s'éloigne vers les champs. Deux cochons se disputent du groin quelque chose d'invisible. Bintou bâille encore une fois, heureuse d'être rentrée au village.

La nuit a été courte.

C'était la première fois de sa vie que Bintou montait dans une voiture. Les phares ouvraient devant eux un chemin de lumière et donnaient aux arbres une allure fantastique. La poussière entrait avec l'air par les fenêtres ouvertes, mais il régnait quand même à l'intérieur une chaleur lourde et étouffante. Bintou a fait tout le voyage écrasée entre son oncle et un cousin qui profitait lui aussi de la voiture du chef pour

2 **insistant** drängend – 2 **percer** *ici :* stören – 2 **le sommeil** quand on dort – 10 **bâiller** gähnen – 11 **la toilette** *ici :* l'action de se laver – 12 **dégouliner** couler lentement – 13 **à contrejour** contre la lumière – 13 **se découper** *ici :* se dessiner – 14 **recouvert** *ici :* habillé – 15 **un capuchon** la partie d'un pull, d'une veste qui sert à couvrir la tête – 16 **un groin** le nez d'un *cochon* (Schwein) – 21 **un phare** les lampes d'une voiture qui *éclairent* (erhellen) la route

passer au village, cela lui avait paru d'autant plus long qu'elle mourait d'envie de faire pipi.

Comment retournera-t-elle à Boromo ?

Peut-être qu'elle n'ira plus au collège puisque Bégué n'a plus de moto ! Ce serait bien de rester au village ! Elle pourrait aider le maître, apprendre à écrire et à lire aux petits, ou bien assister Ibrahim, l'infirmier. Elle sait lire, compter, écrire. Elle peut tenir les registres, enregistrer les naissances et les vaccinations… Elle pourrait aussi créer une association avec les autres femmes du village pour organiser un commerce de pagnes. On dit qu'à la capitale, les pagnes locaux tissés au pays – faso dan fani – sont portés dans toutes les grandes cérémonies, par les hommes et par les femmes. Mais à la capitale, les femmes n'ont pas le temps de tisser, alors elle, elle monterait à Ouaga au moment des fêtes avec un chargement de beaux tissages, et elle rapporterait beaucoup d'argent ! Avec l'argent, elles achèteraient d'autres métiers à tisser et feraient encore plus de pagnes. Elles achèteraient aussi des semences pour les jardins, et du riz pour faire la soudure entre deux récoltes, et des médicaments pour les enfants !

Et puis, elle se marierait. Elle aurait un garçon, et puis deux filles…

À présent, Bintou manie nonchalamment le balai tout en continuant à rêvasser. Elle caresse le sol du bout des longues brindilles, poussant en petits tas les graviers plus épais. Le chien et les poules ont déjà nettoyé les reliefs du repas. Une volée d'oiseaux passe bruyamment au-dessus de la cour. Médor tourne autour de ses jambes, au cas où quelque chose lui aurait échappé, frappant les mollets de la jeune fille du bout de sa queue. Il s'écarte vivement au geste levé du balai.

6 **assister** *ici :* aider – 10 **un commerce** acheter et vendre des marchandises – 11 **local** qui vient de l'endroit où l'on vit – 11 **tissé** fabriqué (pour un tissu) – 15 **un chargement** une grande quantité de marchandises à transporter (Ladung) – 15 **un tissage** un tissu – 18 **le riz** [ʀi] Reis – 19 **faire la soudure** *ici :* faire le lien pour qu'il n'y ait pas de période sans rien à manger – 24 **rêvasser** → rêver – 29 **un mollet** Wade

Bintou passe à la douche avant de se régaler de la bouillie de mil. Puis avec Fanta, elles s'attaquent à la lessive. Fanta sort de la cuvette le soutien-gorge dégoulinant de sa sœur et le pose en riant sur sa poitrine où commencent juste à pointer deux seins à peine plus renflés qu'une ride de sable.

– Tu me le donnes ? demande Fanta d'un air rieur.

– Pour quoi faire ? répond Bintou. Ici tu n'en as pas besoin ! Mais dis donc, mademoiselle, ajoute-t-elle en français, pour qui vous prenez-vous là !

Les deux jeunes filles éclatent de rire mais leur gaieté ne dure pas. Fanta prétend que Bintou ne reviendra plus au village jusqu'à l'hivernage.

– Tu es sûre ?

– Non, je ne sais pas… Mâ a dit qu'il y aurait des occasions. Ibrahim, ou bien Ignace. Bintou se tait. Elle est consternée… Elle qui espérait ne plus aller au collège où elle s'ennuie tant !

– Mais si tu ne vas pas au collège, tu ne pourras pas aller à Paris ! s'exclame Fanta.

Bintou ne répond pas… Paris, oui…

– Celui qui veut le miel a le courage d'affronter les abeilles ! déclare encore Fanta.

Bintou la regarde :

– Le miel, le miel… je préfère le miel du pays… Je ne veux pas vivre loin de mes enfants, comme notre mère. Faire le ménage des Blancs, élever les enfants des Blancs…

– Mais… Fanta hésite… mais si tu passes le bac, tu pourras avoir un bon métier, te marier et élever tes enfants en France ! Tu…

Fanta s'arrête de parler. Et elle ? A-t-elle vraiment envie de partir ? Elle écoute le grand souffle africain de la terre et des esprits. Les menus bruits du village, le grincement d'essieu

3 **un soutien-gorge** Büstenhalter – 4 **une poitrine** Brust – 4 **pointer** apparaître – 5 **renflé** groß – 5 **une ride de sable** kleine Erhebung im Sand – 6 **rieur** → rire – 10 **la gaieté** [gete] la joie – 15 **consterné** très triste – 20 **le miel** ce que fabriquent les abeilles (Honig) – 24 **faire le ménage** nettoyer la maison – 26 **le bac** *ici* : le baccalauréat – 31 **un grincement** Quietschen

– Fanta ! Fanta ! a-t-il répété sans voir que la fillette était juste à côté de lui.

– Je suis là, Tonton !

– Ah… File. Va me chercher du tchap… a-t-il dit en lui tendant un petit bidon de plastique et quelques pièces de monnaie. Fanta est partie d'un pas rapide chez la cabaretière. Quand elle est revenue. Mâ n'était plus avec Bégué. Il a pris le bidon sans rien dire, et Fanta est allée rejoindre sa grand-mère. Le soir, il a renvoyé le plat de tô sauce presque plein. Il n'y avait pour ainsi dire pas touché.

Le lendemain, quand les coqs ont chanté, il était toujours sous la véranda, le bidon vide était posé à côté de lui. Son bras pendait le long du fauteuil. Boire toute la nuit, ce n'était pas le genre de Tonton Bégué pourtant. Mâ a fait claquer sa langue sans rien dire, et elle a préparé le petit mil. Elle a envoyé Fanta porter un bol à son oncle avant de partir pour l'école. Il lui a fait signe de poser le bol par terre.

À son retour, il n'était plus là.

Fanta effeuille soigneusement les tiges d'oseille. Peut-être Tonton Bégué est-il rentré dans sa case dormir un peu. On entend résonner le bruit du pilon. Le temps semble immobile.

Assiatou balaie la cour en fredonnant. Pas la moindre rondeur ne vient alourdir sa taille souple et fine. Quand aura-t-elle enfin un bébé ? Fanta sourit à sa jeune Tantie qui s'est redressée une seconde. La jeune femme semble apprécier la compagnie de la fillette. Quand elles sont toutes les deux, il lui arrive même de rire, mais dès qu'il y a quelqu'un d'autre, elle retrouve son air timide. On dirait que Sali lui fait peur. Fanta pense qu'Assia se sent un peu seule dans leur cour et que sa famille lui manque, mais avec l'école, elle n'a guère de temps à passer avec la jeune

4 **le tchap** → tchapalo, une bière très forte fabriquée en Côte d'Ivoire – 5 **un bidon** Kanister – 6 **un cabaretier** [kabaʀ(ə)tje] une personne qui a un magasin ou l'on peut acheter et boire de l'alcool – 13 **un fauteuil** une chaise confortable avec des bras – 14 **claquer** *ici :* faire un bruit sec – 19 **effeuiller** [efœje] enlever les feuilles – 21 **résonner** [ʀezɔne] *ici :* sonner [sɔne] – 21 **immobile** qui ne bouge pas – 22 **le/la moindre** *ici :* le/la plus petit(e) – 22 **une rondeur** Rundung – 25 **apprécier** aimer – 25 **la compagnie** *ici :* la présence de qn

femme. Quand le soleil sera moins chaud, elles iront arroser leur petit potager et nettoyer les mauvaises herbes. Au jardin, il y aura sûrement quelques tomates bonnes à cueillir, et peut-être quelques aubergines, des fraises et une ou deux courgettes. Fanta écarte la tête d'une chèvre audacieuse qui a pointé sa barbiche jusque sur son tas de feuilles.

Bégué n'était pas allé dormir, le voilà qui arrive avec deux moutons entravés sur la mobylette d'Ibrahim, tout le monde se presse autour de lui. Il attache les bêtes au poteau de la véranda et envoie Fanta chercher des gousses de gommier pour les bêtes.

C'est elle qui sera chargée de les nourrir jusqu'à la fête dans trois jours. Le matin avant de partir à l'école, après la sieste et le soir.

Désormais, on ne parle plus de la moto volée. Bégué semble l'avoir oubliée. Il faut préparer la tabaski. Ce jour-là, tout le monde doit pouvoir manger un morceau de viande, même les plus pauvres ! Une joyeuse excitation anime l'air. Certains s'inquiètent. Le prix du mouton a encore augmenté. Mieux vaut la misère que la honte, dit le proverbe. Mais que faire quand l'argent n'est pas là et que l'on n'a plus rien à vendre ?

Il n'y aura pas de honte pour les Dao ! Personne dans le quartier ne sera privé, même les chiens seront de la fête avec les os qu'ils dévoreront sans rien laisser !

Les jours passent vite pour Fanta. En plus des gousses de gommier, elle récupère pour ses moutons des fanes d'arachide et même quelques légumes un peu flétris. Elle se réjouit

1 **arroser** gießen – 2 **un potager** un jardin où l'on plante des fruits et des légumes – 3 **cueillir** ramasser – 4 **une courgette** Zucchini – 5 **audacieux** qui a du courage, qui est prêt à prendre des risques – 5 **pointer** *ici :* venir montrer – 6 **une barbiche** une petite barbe pointue (Spitzbart) – 8 **entravé** attaché – 10 **une gousse** Schote – 10 **un gommier** un arbre avec lequel on fait du *caoutchouc* (Gummi) – 18 **une excitation** un enthousiasme – 18 **animer** ≠ calmer – 19 **augmenter** *ici :* devenir plus cher – 19 **mieux vaut** besser … als … – 20 **la misère** une grande pauvreté – 24 **dévorer** manger avec beaucoup d'appétit – 26 **une fane** Kraut – 27 **flétri** vieux et ridé (welk) – 27 **se réjouir** être content

d'autant plus qu'elle sait que Bintou reviendra forcément pour la tabaski.

1 **forcément** ≠ peut-être

Chapitre 13

La tabaski

Siaka, tout petit dans son boubou blanc, marche à côté de son père, sa main minuscule accrochée à celle du géant qui, pour une fois, a troqué son jean et son T-shirt contre la tenue traditionnelle. Pangatié est superbe lui aussi, et le grand frère d'Abidjan qui est venu avec ses deux fils ne l'est pas moins. Mâ regarde fièrement ses trois fils et ses petits-fils. Debout près d'elle, Fanta et Bintou les suivent des yeux. Elles ont passé des heures la veille à taper avec un bâton les boubous bien amidonnés pour qu'ils aient aujourd'hui cette allure brillante.

Ils vont prier à la mosquée avec les hommes du village.

Le soleil est une boule de feu qui est loin d'avoir atteint son point d'incandescence maximum. Les hommes et les garçons arrivent de partout. La population du village a doublé en deux jours. Beaucoup d'« émigrés de l'intérieur », comme on dit ici, sont venus de Côte-d'Ivoire ou du Mali, pour fêter la tabaski avec la famille. L'air porte les odeurs de feu de bois, bientôt, ce sera la graisse de mouton qui parfumera l'atmosphère et fera saliver jusqu'aux plus fidèles croyants.

Fanta jette un regard sur les deux moutons qu'elle nourrit depuis trois jours et qui seront égorgés tout à l'heure. Elle est contente. Ils sont beaux, bien gras. Elle s'en est bien occupée. Un peu partout, on entend bêler les animaux du sacrifice.

La fête durera jusqu'à la fin de la semaine. Pas d'école, pas de travail aux champs, rien que la cuisine et la danse ! Les filles

4 **troquer** échanger – 5 **superbe** magnifique – 10 **amidonné** gestärkt – 10 **une allure** *ici :* un aspect (Aussehen) – 14 **doubler** *ici :* devenir deux fois plus important – 15 **un émigré** une personne qui a quitté son pays pour vivre à l'étranger – 15 **un émigré de l'intérieur** une personne qui a quitté son village / sa région pour s'installer ailleurs dans le pays – 18 **la graisse** Fett – 19 **faire saliver qn** *fam* jdn den Mund wässerig machen – 19 **un croyant** qn qui croit en Dieu, *ici :* un musulman – 21 **égorgé** que l'on a tué en lui coupant la gorge – 22 **gras** → la graisse – 23 **bêler** crier pour un mouton – 23 **un sacrifice** Opfergabe

ont des robes neuves qu'elles mettront ce soir. Même les tout petits seront de la fête, ceux qui ne marchent pas encore seront bien calés au dos des mères, des grandes sœurs. Les autres se débrouilleront ! Quand on commence à marcher, on commence à danser. Et quand on est fatigué, on se couche sur la terre.

Il y a même des cousins qui sont venus de la France pour fêter la tabaski en famille. Ils ont apporté des cadeaux, de l'argent. Ils paradent fièrement dans le village. Quel dommage que Delphine ne soit pas là. Hélas le voyage coûte trop cher, et même si elle réussissait à économiser le prix du billet, comment ferait-elle à l'aéroport ? Elle n'a pas de passeport.

Delphine n'est pas venue, mais elle a téléphoné, et elle a envoyé de l'argent, beaucoup d'argent. Elle veut que toute la famille porte des vêtements neufs, et qu'il y ait de la viande, beaucoup de viande, que personne au village ne manque d'en avoir un morceau. Là-bas en France, on fête aussi la fête du mouton, mais on ne fait pas de grandes dépenses, a-t-elle dit. Il n'y a pas de congé, le travail continue, on se retrouve juste pour manger un morceau de mouton ensemble le soir, rien de plus.

« Je pense à vous ! a-t-elle ajouté. Je pense à vous très fort. »

Ici aussi, on pense à elle.

Les femmes du village n'ont pas chômé. Il a fallu préparer de pleines marmites de couscous, de tô ou de riz, cueillir, laver, éplucher, râper, piler, vider, couper viandes, légumes et céréales, et encore laver, amidonner et taper les vêtements de fête. Pas un faux pli, pas une tache sur les boubous blancs des hommes. Sali se tient les reins.

Elle ne sait pas que le regard aiguisé de Fanta a remarqué ce qui est encore son secret. Elle n'a rien dit à personne mais elle est à peu près sûre qu'un nouveau bébé est en route. Quatre enfants en six ans. La bienveillance de Dieu est sur elle.

9 **hélas** [elas] malheureusement – 17 **une dépense** le fait d'acheter qc – 18 **un congé** des vacances *fpl* – 24 **éplucher** enlever la peau des légumes avec un couteau – 24 **râper** raspeln – 24 **vider** ≠ remplir – 24 **une céréale** Getreide – 25 **amidonner** stärken – 26 **un pli** Falte – 28 **un regard aiguisé** une très bonne *vue* (Sicht) – 31 **la bienveillance** le fait d'être gentil avec qn

Les hommes ont disparu au détour d'une maison. Les femmes s'apprêtent à reprendre leur tâche. Après la tabaski, Sali se confiera à la Vieille. C'est quand même une bonne belle-mère. Jamais elle ne l'a fait battre par son mari, jamais elle n'a été injuste avec elle. Elle partage toujours la nourriture entre les enfants avec égalité. Sali se répète encore une fois qu'elle a de la chance. Elle lance un coup d'œil à cette pauvre Assiatou, depuis bientôt six mois que le mariage est fait, elle est toujours aussi maigre ! Pas étonnant que son mari veuille partir !

Sali ne sait pas lire ni écrire, elle ne parle pas français, elle est une femme de l'ancien temps. Ses enfants ne seront pas comme elle. Ils iront à l'école, comme Fanta et Bintou. Ils deviendront ingénieur, ou professeur, ou médecin peut-être ! Un jour, le village ne sera plus à l'abri du monde moderne. Le goudron viendra jusqu'ici, et l'électricité. Qui fera la cuisine et s'occupera des enfants si les femmes veulent faire le travail des hommes ? Qui s'occupera des champs si tout le monde va à l'école ? Que deviendront les vieux ? Qui leur portera à manger ? On dit qu'en France, ils ont construit des maisons dans lesquelles tous les vieux se retrouvent ensemble loin de leurs enfants et de leurs petits-enfants. Sali redoute confusément cet avenir qu'elle pressent sans vraiment l'imaginer.

Mais ce matin, le village baigne encore dans sa lumière originelle. On entend le muezzin réciter la prière, ponctuée par le braiment des ânes, ces compagnons fidèles des bons et des mauvais jours. Le cocorico tardif d'un coq, les pépiements des oiseaux dans les arbres. Les moutons inconscients de ce qui les attend mâchent sereinement. Les poules grattent le sol et les pintades se déplacent en troupeau criaillant.

1 **au détour** à l'angle – 5 **injuste** ≠ juste – 5 **la nourriture** qc à manger – 6 **avec égalité** sans faire de différence – 22 **pressentir** deviner – 24 **originel** ursprünglich – 24 **un muezzin** [mɥɛdzin] la personne qui, dans une mosquée, appelle les croyants à la *prière* (Gebet) – 24 **ponctué** *ici :* begleitet – 25 **un braiment** le cri d'un âne – 25 **un compagnon** un ami – 26 **tardif** en retard – 26 **un pépiement** [pepimɑ̃] un chant d'oiseau – 27 **inconscient** *ici :* qui ne sait pas – 28 **mâcher** kauen – 28 **sereinement** de façon tranquille – 29 **un troupeau** un groupe d'animaux

Sali étire une seconde son dos endolori et sourit, oubliant ses inquiétudes dans la beauté du matin.

1 **endolori** qui fait mal

Chapitre 14

Paris

Il fait froid ce matin à Paris. Une petite pluie glacée fouette le visage de Delphine. Elle rentre la tête dans les épaules, mais cela n'empêche pas la pluie de se glisser furtivement dans son cou. Son parapluie malmené par le vent ne sert à rien qu'à l'encombrer. Elle pousse devant elle la poussette dans laquelle Corentin essaie d'enlever son bonnet. L'enfant est bien à l'abri sous le toit et la protection de plastique transparent qui l'enveloppe en entier, mais Delphine a toujours un pincement au cœur à voir ces si petits tenus ainsi, loin du corps chaud des aînés. Elle se dépêche, tout en surveillant que Corentin ne jette pas à terre son bonnet. Ulysse va sortir de l'école dans cinq minutes, elle ne veut pas être en retard !

Ulysse va avoir six ans, il avait à peine un an quand elle a commencé à s'occuper de lui. Elle les aime, Corentin et lui, comme ses propres fils. Au début elle ne venait qu'un ou deux après-midi par semaine, et puis Corentin est né, et maintenant, elle va tous les jours chez Stefana. Le matin, elle travaille comme femme de ménage dans un bureau, et puis, elle va à l'école apprendre à lire et à écrire. Et à midi, elle arrive chez Stefana.

Elle bâille. Encore une fois, elle n'a pas assez dormi. Hier soir il y avait du monde chez Fatou pour la tabaski. Des amis, des voisins, et puis les cousins qui viennent d'arriver d'Abidjan et qui n'ont pas encore où se loger.

Delphine voudrait bien avoir une chambre pour elle, mais les logements sont trop chers à Paris. En partageant le logement de sa sœur de lait, Fatou, elle fait des économies qu'elle peut

2 **glacé** très froid – 2 **fouetter** *ici :* battre – 4 **furtivement** de façon rapide et discrète – 5 **malmené** schlecht behandelt – 6 **une poussette** une petite voiture pour transporter les enfants – 9 **avoir un pincement au cœur** se sentir triste – 19 **une femme de ménage** une personne qui gagne sa vie en nettoyant chez les autres – 27 **un logement** l'endroit où l'on vit

envoyer au village, seulement, chaque fois que de nouveaux arrivants débarquent en France, il faut partager la chambre avec eux, pendant des semaines, des mois quelquefois, et les arrivées succèdent aux arrivées. Pangatié voudrait bien venir en France lui aussi, mais que fera-t-il ? « Tu t'es bien débrouillée, toi, lui dit-il au téléphone. J'y arriverai aussi ! » Elle essaie de lui dire que les choses ne sont pas comme il croit, que l'argent est difficile à gagner, qu'il y a beaucoup de chômage, surtout pour les hommes, il ne veut rien savoir. Elle ne veut pas l'aider à venir, elle lui a encore dit la veille quand elle a appelé pour la tabaski. « Tu ne sais pas ce que c'est ici, je ne veux pas faire ton malheur. »

Elle descend d'un pas vif le boulevard Jean-Jaurès, se faufilant tant bien que mal entre les passants, les panneaux publicitaires, les étals de boutiques. Elle piétine un moment au feu vert, un flot continu de voitures passe avec un bruit mouillé. Les lumières des bazars, des phares, des feux, brillent et se diffractent sous les gouttes d'eau. Elle ne s'étonne plus de ce spectacle qui l'émerveillait quand elle est arrivée. Elle ne bénit plus la pluie comme un don du ciel. Au contraire, elle maudit l'eau froide qui lui coule dans le cou, se glisse entre le col de son manteau et ses cheveux.

Arrivée devant l'école, elle se détend un peu. Les portes sont encore fermées. Elle n'est pas en retard. Elle s'écarte pour ne pas faire goutter son parapluie sur la tête des mamans tassées les unes contre les autres sur le trottoir. Il y a des femmes de toutes les couleurs et de toutes les tailles, de frêles Asiatiques,

2 **débarquer** *ici :* arriver – 4 **succéder** suivre – 8 **le chômage** le fait de ne pas avoir de travail – 13 **vif** *ici :* rapide – 14 **se faufiler** passer entre – 14 **un passant** qn qui passe dans la rue, un piéton – 14 **un panneau publicitaire** là où l'on colle des affiches de publicité dans la rue – 15 **un étal** une table dans ou devant un magasin où sont posés les produits à vendre – 15 **une boutique** un magasin – 16 **un flot de** *ici :* beaucoup de – 18 **se diffracter** partir dans toutes les directions – 18 **une goutte** Tropfen – 19 **bénir** *ici :* remercier Dieu, lui montrer qu'on est heureux – 20 **un don** un cadeau – 21 **un col** Kragen – 22 **un manteau** Mantel – 23 **se détendre** *ici :* retrouver le calme – 25 **faire goutter** laisser l'eau s'écouler goutte par goutte – 25 **tassé** serré les uns contre les autres, en groupe – 27 **frêle** petit, fragile

des Indiennes au front orné d'un rond rouge, des Chinoises au visage rond, des Arabes, des Berbères, des Africaines. Cette diversité est une des choses qui a le plus frappé Delphine à son arrivée dans le quartier. Elle est sans doute la plus noire et la plus grande de toutes. Au début, elle était la seule à venir chercher un enfant plus blanc que la plupart de ses camarades, ce qui lui valait aussi quelques regards méfiants. Maintenant, elles sont trois ou quatre nounous au teint foncé et plus personne ne leur prête attention.

Les portes s'ouvrent. Les petits hésitent sur le seuil, attendant d'avoir vu leur mère pour sortir sous la pluie. Ulysse repère tout de suite Delphine et s'élance à sa rencontre. Elle embrasse la joue ronde du petit. C'est drôle, autrefois elle n'embrassait pas ses filles. Elle leur caressait le front, elle dormait contre elles, elle les portait sur son dos toute la journée, mais elle ne les embrassait pas. Ulysse lui donne la main et les voilà partis. Ils s'arrêtent à la boulangerie. Bonbons, gâteaux, pains fantaisie… Delphine se souvient de sa stupeur la première fois qu'elle est arrivée à Paris, et qu'elle a vu l'incroyable quantité de nourriture exposée dans les vitrines. Elle n'en revenait pas !

Deux enfants sortent de la boulangerie avec un énorme pain au chocolat. Un autre crie pour avoir plus de bonbons. Ulysse serre la main de Delphine qui se tourne vers lui et lui sourit. Une complicité muette lie la jeune femme et l'enfant. Elle achète le pain et ils sortent. La pluie s'est arrêtée mais il fait toujours gris et sombre, heureusement l'immeuble n'est pas loin.

Le code de la grille, le code de la porte… Delphine fouille son sac pour trouver les clés du hall. Enfin ils arrivent devant

1 **orné de qc** mit etw geschmückt – 3 **une diversité** une hétérogénéité – 7 **méfiant** qui n'a pas confiance – 8 **une nounou** une femme dont le travail est de s'occuper des enfants d'une famille – 8 **foncé** ≠ clair – 10 **un seuil** *ici :* devant une porte – 11 **repérer** voir – 18 **la stupeur** *ici :* le fait d'être très étonné – 19 **une quantité** une masse – 20 **une vitrine** *de magasin* une grande fenêtre où l'on expose les produits à acheter – 24 **une complicité** *ici :* quand deux personnes s'entendent très bien – 28 **fouiller** chercher partout

l'ascenseur. Ulysse se lève sur la pointe des pieds pour appuyer sur le bouton.

Corentin veut sortir de sa poussette, il a enlevé son bonnet et il s'agite tant qu'il peut, solidement attaché à son siège.

– Un peu de patience, lui dit Delphine. On est presque arrivés !

– Un peu de patience, répète Ulysse de la même voix.

À peine entrée dans l'appartement, Delphine libère le petit qui réclame à grands cris son goûter. Elle l'installe sur la chaise haute qui fut celle d'Ulysse, et tandis que le grand imite le petit et tape sur la table à grands coups de cuillère elle sort du frigo petits-suisses et compotes.

Le goûter fini, Delphine s'assoit sur le tapis avec Corentin, tandis qu'Ulysse s'installe avec ses feutres pour faire un dessin. Stefana ne veut pas que les enfants regardent la télévision pendant des heures, et après quelques tentatives systématiquement vouées à l'échec, ils ont cessé de réclamer. Quand elle joue avec les enfants, Delphine oublie la fatigue, les soucis, la pluie.

De l'autre côté de la grande baie vitrée, la nuit est tombée sans qu'on la remarque. Il fait bon dans l'appartement éclairé de lampes agréablement disposées dans la pièce. Le rire de Delphine dissipe un début de dispute entre Ulysse et Corentin. Ulysse met un disque dans son appareil et tous les trois dansent en tapant des mains. Et puis ce sera l'heure du dessin animé qu'ils regarderont ensemble, la grande aussi ravie que les petits, serrés les uns contre les autres sur le divan défoncé.

8 **libérer** ≠ attacher – 9 **à grands cris** → crier – 11 **une cuillère** Löffel – 11 **un frigo** *fam* un frigidaire – 12 **un petit-suisse** un fromage frais en forme de cylindre – 14 **un feutre** *ici :* Filzstift – 16 **une tentative** Versuch – 17 **systématiquement** toujours, sans exception – 17 **voué à l'échec** qui ne peut pas réussir – 19 **un souci** ce qui rend inquiet – 20 **une baie vitrée** une très grande porte-fenêtre – 21 **éclairé** beleuchtet – 22 **disposé** installé, posé – 23 **dissiper** faire disparaître – 26 **ravi** content – 27 **un divan** un sofa – 27 **défoncé** vieux et cassé, qui n'a plus de *ressort* (Sprungfeder)

Quand Stefana rentrera, ou Pierre, Delphine se dépêchera de partir dans la nuit froide et pluvieuse, elle s'engouffrera avec des dizaines d'autres Parisiens dans la bouche malodorante du métro pour aller faire le ménage dans d'autres bureaux. Enfin vers vingt et une heures, sa journée sera finie. Elle rentrera chez Fatou. Le dîner sera prêt, les femmes feront la vaisselle ensemble en bavardant tandis que les hommes regarderont la télévision.

1 **se dépêcher** faire vite – 2 **pluvieux** → la pluie – 3 **un Parisien** qui habite Paris
3 **malodorant** qui sent mauvais

Chapitre 15

Les brûlis

C'est l'heure chaude, immobile. Même les poules se taisent. Elles se recroquevillent à l'ombre d'un mur, pattes rentrées, en attendant que le soleil redescende. Seules les chèvres continuent à divaguer comme si leur cuir ne laissait pas passer les rayons brûlants. Médor est allongé le long du seko, encore plus maigre et long que d'habitude. Le pilon se repose, et les travaux des champs sont suspendus. Tout le monde est fatigué par la semaine de la tabaski qui vient juste de s'achever. On attend la pluie, on espère la pluie même si on sait qu'elle ne sera pas là avant plusieurs semaines.

Fanta regarde Oblé. Le tailleur s'est arrêté de piquer. Assis sur le banc, il tremble de fièvre. C'est une crise de palu. Fanta va lui chercher une calebasse qu'il repousse avec lassitude.

– Tu veux que j'aille demander de la quinine à Tonton Ibrahim ? lui demande-t-elle.

– Non, ce n'est pas la peine, dit-il.

Les comprimés sont rares et chers. Oblé serre les dents. La sueur coule sur ses tempes. Il a l'habitude, mais la crise d'aujourd'hui est particulièrement violente. Il n'y a qu'à attendre que ça passe. Il ferme les yeux et pose sa nuque contre un montant de bois.

Même quand le soleil commence sa lente descente, il n'a pas le courage d'accompagner son ami Bégué et de rejoindre le groupe des hommes sous le manguier. Pourtant une discussion

3 **se recroqueviller** sich zusammenkauern – 5 **divaguer** *ici :* aller dans tous les sens – 5 **le cuir** la peau des animaux – 5 **un rayon** Strahl – 6 **un seko** une *cloison* (Zwischenwand) plus légère qu'un mur faite de tiges séchées et tressées – 8 **suspendu** *ici :* arrêté – 12 **un tailleur** une personne qui fait des vêtements – 12 **piquer** *ici :* coudre (nähen) – 13 **la fièvre** quand la température du corps est trop élevée – 13 **le paludisme** la malaria – 14 **repousser** beiseitestoßen – 14 **la lassitude** une grande fatigue – 19 **la sueur** Schweiß – 19 **une tempe** Schläfe – 20 **violent** brutal, dur – 21 **la nuque** Nacken

importante va se tenir aujourd'hui : faut-il brûler les champs comme on l'a toujours fait pour préparer la terre ou pas ?

Silencieux, quelques enfants que personne ne repousse forment une sorte de cercle brisé autour de leurs aînés.

Boubacar, qui est chasseur, est bien décidé à mettre comme chaque année le feu à la brousse pour débusquer le petit gibier et débarrasser la terre de la paille sèche.

– Et que penseraient les ancêtres si nous ne brûlions pas la terre comme ils l'ont toujours fait ? Serions-nous des ingrats, refuserions-nous de les remercier ainsi que le veut la coutume ?

Ibrahim n'est pas d'accord, il compte sur Oblé pour soutenir leur point de vue mais Bégué vient seul. La discussion a déjà commencé quand il arrive.

– Le désert progresse, dit Ibrahim. Il est trop tard maintenant pour faire des brûlis. La terre est trop sèche. Voudrais-tu la dessécher encore ! Et puis nous sommes beaucoup plus nombreux qu'autrefois, trop nombreux, si tout le monde allume son feu, la terre tout entière ne sera plus qu'une immense plaie noire !

Boubacar hausse les épaules.

– Tu ne connais plus la terre !

– Est-ce que je ne cultive pas mon champ comme toi ?

– Tu touches un salaire tous les mois et tu n'as pas besoin de l'argent comme nous ! Nous devons développer nos parcelles, planter plus de coton pour gagner quelques francs CFA !

– Mais le coton appauvrit la terre. Au bout de trois ans, plus rien ne pousse !

– Il n'y a qu'à mettre de l'engrais.

– Et l'engrais, où tu le trouves ? Tu l'achètes à crédit, et puis tu rembourses avec l'argent que tu as gagné en vendant le

6 **débusquer** faire sortir un animal de l'endroit où il se cache – 7 **débarrasser qn/qc de qc** jdn/etw von etw befreien – 9 **un ingrat** une personne qui n'est pas *reconnaissante* (dankbar) du bien qu'on lui a fait – 12 **soutenir** unterstützen – 17 **dessécher** faire que qc devienne sec – 18 **nombreux** beaucoup – 24 **un salaire** l'argent que l'on gagne avec son travail – 25 **développer** entwickeln – 27 **appauvrir** rendre pauvre – 31 **rembourser** payer l'argent que l'on a *emprunté* (ausgeliehen)

coton, seulement au final, tu as dépensé plus d'argent pour acheter tes semences et tes engrais qu'en vendant ton coton !

La conversation a quitté le problème du brûlis pour dériver sur celui – ô combien brûlant – du coton.

Chacun s'exprime à tour de rôle. La perplexité est grande parmi les hommes. Il est question aussi des champs des femmes, qui se sont associées pour acheter une charrette et un âne. Elles font le tour des marchés avec le petit excédent de légumes qu'elles arrivent à cultiver, elles se partagent l'argent et elles achètent des vêtements pour envoyer les enfants à l'école. Est-ce qu'elles ne prennent pas un peu trop d'indépendance ? s'inquiètent certains. Quelques vieilles barbes évoquent à mots couverts la question de la purification des filles, mais personne n'aborde franchement le sujet et Bégué fait celui qui n'a rien entendu. Le maître d'école se réjouit ouvertement de ce qu'il appelle « une heureuse initiative ».

La lumière décline lentement. L'odeur du thé qui mijote lentement sur les braises a envahi l'atmosphère au fur et à mesure qu'avance sa préparation. D'un mouvement rapide et plein d'élégance, Ibrahim soulève haut la petite théière au bec pointu, d'où coule un fin filet doré qui vient mousser dans un grand verre. Puis il renverse le contenu du verre dans la théière et recommence, trois, quatre fois, jusqu'à ce que menthe, sucre, eau, thé aient respiré assez. Puis il remet la petite théière sur les braises qu'il retourne du bout des doigts et qu'il active en les éventant. Il fait signe à Fanta, qui ne quitte pas ses mains des yeux, comme fascinée par la précision et la grâce de chaque

1 **au final** finalement – 1 **dépenser** ausgeben – 3 **dériver** *ici :* arriver – 5 **la perplexité** le fait de ne pas pouvoir se décider, être dans le doute – 7 **s'associer** se regrouper – 8 **un excédent** ce qu'il y a en trop – 9 **cultiver** faire pousser des fruits, des légumes, des céréales que l'on peut manger – 13 **évoquer** rappeler – 14 **franchement** de façon directe – 16 **ouvertement** franchement – 18 **décliner** *ici :* diminuer – 19 **au fur et à mesure** nach und nach – 21 **une théière** une sorte de carafe pour le thé – 21 **un bec** *ici :* Tülle – 22 **pointu** → une pointe – 22 **mousser** qui fait de la *mousse* (Schaum) – 23 **renverser** gießen – 24 **la menthe** Minze – 27 **éventer qc** exposer qc au vent

geste, d'aller lui chercher du charbon. La petite part en courant.

L'opération doit se répéter au moins trois fois. Quand enfin le thé a pris la sombre couleur qui convient, Ibrahim remplit à moitié des verres minuscules et les passe aux plus anciens. Il n'y en a que quatre, chaque homme aspire bruyamment le chaud et amer breuvage et repose son verre sur le plateau. Ibrahim les remplit à nouveau et les passe ainsi à tous les hommes présents, qui se servent dans l'ordre des préséances.

Quand tout le monde a bu, Ibrahim, qui a remis de l'eau à chauffer dans une autre théière, lance la préparation du deuxième thé.

Le premier thé est, dit-on, amer comme la vie, le deuxième est sucré comme l'amour, et le troisième suave comme la mort.

C'est l'heure magique du crépuscule. Une brume rose estompe les contours des arbres et des maisons. La lumière saupoudre de douceur tout ce qu'elle touche. Les bruits même ont quelque chose d'étouffé. La terre entière pousse un long soupir de fatigue après la fournaise du jour. Dans quelques minutes il fera nuit. L'instant pourtant dure une éternité.

Quand les hommes auront bu « les trois normaux », ainsi que l'on appelle ces trois thés successifs dont la préparation dure des heures, ils se sépareront sous l'éclat de la lune presque ronde, tous les problèmes ne seront pas résolus, bien sûr, et l'accord ne sera pas total, mais chacun aura écouté son voisin, son parent, son ennemi, même.

Aussi discrète qu'une souris, Fanta est restée près des hommes sans que personne ne lui prête attention. Elle prend la main de son oncle Bégué et elle rentre avec lui. Ibrahim passe

1 **un charbon** une pierre noire que l'on peut faire brûler et qui produit de la chaleur – 4 **convenir** correspondre – 6 **aspirer** *ici :* boire – 7 **amer** ≠ doux – 7 **un breuvage** une boisson – 7 **un plateau** Tablett – 9 **la préséance** le protocole – 14 **suave** délicieux – 15 **estomper** effacer – 16 **un contour** une silhouette – 16 **saupoudrer** bestäuben – 18 **un soupir** Seufzer – 19 **une fournaise** un endroit où il fait extrêmement chaud – 22 **successif** qui vient l'un après l'autre – 24 **résolu** *ici :* auquel on a trouvé une solution

chez son ami Oblé, il le trouve couché et grelottant sous sa couverture. Il retourne au dispensaire lui chercher des comprimés de quinine. Le phare de sa mobylette transperce la nuit et se perd au loin entre les buissons. Le bruit du moteur réveille les ânes qui protestent. En quelques minutes à peine, il est revenu.

– Dieu te bénisse ! soupire Oblé en avalant un comprimé.

1 **grelottant** qui tremble – 3 **transpercer** traverser

Chapitre 16

La fuite d'Adama

– Aye… ! Mon fils ! crie la vieille Awa.

Ses cris résonnent dans l'air matinal. On se presse autour d'elle. Adama est-il malade ? Mort ?

Fanta connaît bien Adama. L'année dernière, il était à l'école avec elle, c'était le meilleur de la classe des grands. Il devait aller au collège à Boromo, comme Bintou. Il voulait continuer les études pour devenir instituteur. Le maître l'encourageait, mais le père d'Adama est mort. Adama est l'aîné de sa famille. À quatorze ans, il est grand et fort comme un homme. Son oncle a pris sa mère en seconde épouse, et, en accord avec ses frères, il a décidé qu'il était temps qu'Adama travaille aux champs. On en a parlé sous l'arbre à palabres. Le maître lui-même est intervenu pour dire que c'était un élève brillant, finalement les Anciens ont donné raison aux oncles : Adama devait abandonner l'école et travailler. Même s'il réussissait à payer lui-même ses études comme il le prétendait et qu'il devenait instituteur, que ferait-il alors ? Il partirait dans un autre village, loin, et il ne gagnerait qu'un salaire de misère… Et en attendant, qui s'occuperait des champs de son père ? Il y avait six enfants derrière lui. C'était à lui de reprendre la daba de son père pour retourner la terre. On lui trouverait une femme qui pourrait aider sa mère, et si Dieu veut, tout irait bien. Adama avait été bien obligé de s'incliner, mais on savait que la colère lui mangeait le foie.

Toutes les matrones entourent Awa. Dans la confusion des exclamations, Fanta, qui s'est approchée du groupe vociférant des femmes, comprend avec soulagement qu'Adama n'est pas malade. Il a disparu !

2 **aye !** un cri qui exprime la peine ou la douleur – 8 **un instituteur** un maître d'école – 14 **brillant** *ici :* qui a du talent, qui est bon dans ce qu'il fait – 16 **abandonner** *ici :* arrêter – 25 **un foie** Leber – 27 **une exclamation** un cri – 27 **vociférant** qui crie

Il a emporté ses trois chemises et ses deux pantalons, et il est parti.

Le scandale est absolu. Laisser ainsi sa mère et ses frères dans le besoin ! Pendant plusieurs jours, on ne parle que de ça sur le marché, sous le manguier, à l'épicerie, autour du puits.

Les semaines passent sans amener de nouvelles du garçon. La vie du village continue son train-train quotidien. Nata ne vient plus jamais partager le repas du soir dans la cour des Dao. Elle ne grimpe plus aux arbres comme elle le faisait l'année passée. Elle manque souvent l'école désormais. Fanta retrouve parfois son amie le soir pour chanter et danser avec les autres, mais Nata ne s'approche plus d'elle, elle ne lui parle plus. Elle reste dans le groupe des initiées, et chaque fois Fanta en éprouve un petit pincement de dépit.

Les mangues mûrissent. Elles pendent comme des boules de Noël rougissantes du haut en bas des arbres au feuillage épais. Les enfants s'en gavent à n'en plus pouvoir. Fanta n'est pas la dernière à courir après l'école à l'ombre tiède des grands arbres, mais elle n'oublie pas pour autant d'aller arroser le potager avec ses tantes. Dès qu'on leur donne un peu d'eau, les légumes poussent à foison. Chaque soir, il y a de nouvelles petites fraises, des tomates rouges, des aubergines et des courgettes, mais la terre semble insatiable. On a beau apporter des seaux et des seaux, elle est toujours sèche et les salades ne grossissent pas.

Malgré la chaleur il faut préparer les champs pour la prochaine récolte. De mauvaise grâce, les oncles d'Adama ont mis leur daba sur l'épaule, et ils ont retourné le champ de la veuve en maudissant son fils. Les nuits sont étouffantes et tout le monde est fatigué. Les hommes manquent en venir aux

3 **absolu** complet – 7 **le train-train** les habitudes *fpl* – 14 **un pincement de dépit** un court sentiment de *déception* (Enttäuschung) – 15 **mûrir** reifen – 16 **rougissant** qui devient rouge – 16 **un feuillage** l'ensemble des feuilles d'un arbre – 17 **se gaver** manger beaucoup et trop – 18 **tiède** entre le chaud et le froid – 21 **à foison** en très grosse quantité – 23 **insatiable** qui n'arrête jamais d'avoir faim ou soif, qui n'a jamais assez – 30 **manquer de faire qc** en arriver presque à faire qc

mains pour des broutilles. L'autre jour, il y a eu une averse mais elle n'a duré que quelques minutes. Avec la première averse, la préparation des briques a repris près du marigot. Les petits ânes traînent des charrettes chargées jusqu'à l'autre bout du village. Il y a même quelques garçons qui charrient des briques sur leur tête comme le faisait Adama l'année dernière après l'école, mais aujourd'hui il n'est plus avec eux.

On ne parle plus de lui. Comme si son nom même était devenu tabou.

On attend la pluie. On ne fait plus que ça.

Un soir, alors que la chaleur fait trembler l'air, que les animaux restent sans bouger collés à la plus petite ombre, que les oiseaux même se taisent, Bégué traverse la cour à grands pas, le cellulaire à la main, comme s'il ne sentait pas le poids du soleil. Sans un mot, il passe l'appareil à sa mère.

– Allô, ma fille, comment ça va la France ? Et les enfants, ça va bien… ?

Mais elle n'a pas le temps de finir la litanie chantante des salutations.

– 500 euros ! s'exclame-t-elle.

Puis après quelques secondes :

– Ne pleure pas, ma fille, ne pleure pas… 500 euros, mon Dieu… dans un magasin, oui, oui… Mon Dieu…

Fanta, qui est arrivée en courant comme chaque fois qu'elle entend le cellulaire, tente de comprendre. 500 euros ? Est ce que Delphine a envoyé 500 euros ? Mais alors pourquoi Mâ lui dit-elle de ne pas pleurer ? Elle reste debout près de sa grand-mère sans rien dire.

C'est la première fois qu'elle voit des larmes dans les yeux de la vieille femme.

1 **une broutille** un détail, qc qui n'est pas important – 1 **une averse** quand la pluie tombe avec violence pendant un temps très court – 4 **traîner qc** *tirer* (ziehen) qc derrière soi. – 5 **charrier** porter – 18 **chantant** mélodieux – 25 **tenter** essayer

– 325 000 francs CFA, soupire-t-elle avec une nuance d'incrédulité dans la voix, comme si elle ne pouvait imaginer une telle somme. 325 000… Puis se redressant : Tu as la santé, ma fille, Dieu te protège ! Tout le monde va bien ici, embrasse ta fille.

Elle passe le petit appareil à Fanta qui le prend en tremblant un peu.

– Mama…

La voix de Delphine est un peu rauque, elle s'inquiète de la santé de sa fille.

Pour une fois, Fanta est presque bavarde. Elle parle de la tabaski, de l'école. Elle raconte à sa mère les soirs de danse sous la lune. Elle lui dit le noir de la nuit quand la lune disparaît, et l'éclat acéré du premier croissant…

– Comme je suis heureuse de t'entendre, ma fille ! répond Delphine d'une voix raffermie. Comme je suis heureuse, répète-t-elle avant de raccrocher.

Fanta rapporte le cellulaire à l'oncle Bégué qui marche à grands pas devant sa véranda. Elle ne pose pas de questions mais quand elle revient chez la Vieille, elle reste bras ballants devant sa grand-mère qui la regarde et soupire :

– Ta mère s'est fait voler 325 000 francs CFA.

325 000 francs CFA… l'énormité de la somme laisse Fanta abasourdie. Comment peut-on avoir une telle somme avec soi ? Elle n'a rien voulu demander à sa mère. Elle ne pose pas non plus la question à Mâ mais celle-ci continue :

– Elle allait à la poste pour les envoyer à son frère, elle a voulu faire un achat dans une boutique, il y avait beaucoup de monde, des frères, noirs comme nous, d'autres aussi et quand elle est sortie de la boutique, elle s'est aperçue qu'elle n'avait

3 **tel** *ici :* solch ein(e) – 3 **se redresser** se relever – 4 **Dieu te protège** Gott schützt Dich – 9 **rauque** rau – 11 **bavard** qui parle beaucoup – 14 **acéré** *ici :* coupant et pointu – 14 **un croissant** *ici :* Mondsichel – 16 **raffermi** qui est de nouveau *ferme* (fest) – 17 **raccrocher** *ici :* finir une communication téléphonique – 20 **être bras ballants** être choqué, étonné – 23 **abasourdi** étonné, choqué – 24 **soi** *pron pers réfléchi à la 3e pers* → lui, elle, eux

plus son argent. C'était trop tard, il y avait trop de monde, elle n'a rien pu faire…

– Elle n'a pas crié ? s'est étonnée Fanta.

Il ne ferait pas bon voler en pleine foule au village. Le voleur aurait vite fait d'être attrapé et lynché. C'est pour ça que les voleurs attaquent les gens sur les pistes désertes !

– Paris, c'est comme Ouag, il y a beaucoup de monde, le voleur, il se glisse à côté de toi et tu ne sens rien. Quand tu t'en aperçois, tu peux toujours crier, il est loin !

– Mais la police de la France ne retrouve pas les voleurs ?

– Non… soupire Mâ.

6 **désert** *ici :* où il n'y a personne

Chapitre 17

Les funérailles

Le mois de juin vient de commencer. Le soleil règne en maître tyrannique, mais les garçons sont plus forts que lui et continuent, malgré la chaleur écrasante, à jouer au foot tous les soirs près du marigot. Des dizaines de chaussures traînent aux abords du « terrain ». Pas question de les abîmer en shootant avec dans le beau ballon à peine crevé que leur a offert un cousin de Ouaga !

Les hommes eux s'inquiètent. On surveille les greniers. Aura-t-on assez pour faire la soudure, jusqu'à la prochaine récolte ? Quand viendra la première pluie ?

Confiant en son ami Ibrahim, Bégué n'a pas brûlé ses champs cette année, mais les esprits ne vont-ils pas se sentir offensés et retenir la pluie ? Qui sait où est la vérité ?

Le soir on tire les nattes devant les portes pour essayer de profiter d'un peu d'air. Bintou n'est pas venue depuis presque un mois, Fanta trouve le temps long. On ne branche plus la télévision le soir, ni le tube au néon, on économise la batterie. On attend.

Chaque jour, Bégué essaie de mettre un peu d'argent de côté pour racheter une Yamaha – il faut 650 000 francs CFA : 1 000 euros, mais chaque fois l'argent part… Même en n'achetant plus rien, aucun vêtement pour les femmes et les enfants, pas de chaussures pendant des années, ni de cigarettes, il n'arriverait pas encore à réunir la somme nécessaire. Il y a toujours besoin

1 **les funérailles** *fpl* l'ensemble des cérémonies que l'on donne lorsque qn meurt – 4 **écrasant** *ici :* terrible – 6 **abîmer** ≠ réparer – 6 **shooter** [ʃute] taper très fort avec le pied dans un ballon – 7 **crevé** qui a un trou – 9 **un grenier** un endroit dans lequel on stocke les céréales – 13 **offensé** insulté – 14 **retenir** garder qc et ne pas le laisser partir – 14 **la vérité** ce qui est vrai – 25 **réunir une somme** *ici :* rassembler, économiser, gagner de l'argent

d'un médicament pour la famille, l'école de Bintou, des piles pour la radio, les cadeaux pour les fêtes.

Il ne peut compter que sur Delphine, et voilà qu'elle aussi s'est fait voler ! Et puis, dès que les récoltes seront finies, il va falloir organiser les funérailles. Et cela coûtera encore de l'argent, beaucoup d'argent.

Le grand-père est mort l'année dernière. L'enterrement a eu lieu aussitôt, mais c'est seulement cette année qu'on fera les grandes funérailles. Celles qui apaiseront l'esprit du défunt. Il faudra donner à boire et à manger à tous ceux qui viendront saluer le défunt, payer le griot et les musiciens !

Impossible d'y échapper. D'autant plus que le Vieux est venu visiter Fanta dans ses rêves. Il paraissait très en colère. Elle a eu peur. Au réveil, elle a tout raconté à la Vieille qui a froncé les sourcils d'un air inquiet. Le rêve est revenu d'autres fois. Et toujours, le Vieux avait cet air irrité. Réveillée, Fanta n'arrive plus à se souvenir de son visage. C'est seulement dans son sommeil qu'il vient la visiter et l'effraie. Alors la Vieille a parlé à son fils :

– Il faut faire les grandes funérailles pour que le défunt repose en paix, et qu'il laisse en paix les vivants, a-t-elle dit.

Elle craint que l'oncle ne se venge sur Fanta de la désobéissance de sa mère. Mâ ne lui a pas pardonné la tyrannie qu'il a exercée sur elle et ses enfants. C'est la faute de l'oncle si Delphine n'a pas pu épouser son amoureux et s'ils ont dû quitter Abidjan. S'il ne l'avait pas forcée à ce mariage, Delphine n'aurait pas été obligée de s'enfuir comme une malheureuse.

Lui qui les a déjà tant fait souffrir de son vivant les poursuit encore aujourd'hui de l'au-delà. Peut-être est-ce lui qui a dirigé contre eux les voleurs. La moto de Bégué d'abord, le sac de Delphine ensuite… Et maintenant le voici qui empoisonne les rêves de Fanta.

1 **une pile** une petite batterie qui permet à des objets électriques de fonctionner – 9 **un défunt** un mort – 12 **échapper** *ici :* éviter – 16 **irrité** énervé – 23 **la désobéissance** le fait ne pas *obéir à qn* (jdm gehorchen) – 23 **pardonner** ne plus en vouloir à qn pour les choses qu'il a faites – 26 **forcer** obliger – 29 **diriger** conduire – 31 **empoisonner** *ici :* rendre qc mauvais

Mâ pose sa main sur la tête de sa petite-fille. Elle a parlé et Bégué a hoché la tête. Elle sait bien qu'il espérait pouvoir racheter une moto après la vente du coton, mais à quoi bon si elle doit être volée comme la première ? Il faut d'abord apaiser les esprits. Il y aura de belles funérailles, tout le village sera là. On viendra même des villages voisins pour voir les masques, et tant pis pour ce que cela coûtera… Il y aura le grand masque buffle et le masque épervier. On tuera un mouton pour lui. Le Kédoné, le masque fou avec ses cornes et ses bâtons, sèmera la panique parmi les musiciens et la foule assemblée. On n'oubliera pas le masque coq pour chasser les mauvais esprits, et le masque singe viendra rétablir l'ordre et protéger les autres masques et la foule de la folie que sème le masque fou autour de lui.

Oui, ce sera une belle fête, une fête inoubliable. Bégué fera tout ce qu'il faut.

Fanta lève les yeux vers sa grand-mère qui lui sourit.

Dieu est grand. Tout est bien. Même si la vie n'a pas été facile depuis la mort de son mari. Le retour au village, l'autorité des Anciens, le départ de Delphine dont elle est restée sans nouvelles pendant des mois… oui, tout cela a été difficile, mais aujourd'hui elle a les petites, et ses fils, qui ont toujours soutenu leur sœur, sont de bons fils. Bégué lui a donné trois petits-enfants, et le ventre d'Assiatou ne tardera sans doute pas à se remplir. Tout va bien grâce à Dieu. On enterrera l'oncle avec l'argent du coton et avec celui de Delphine.

2 **hocher la tête** bouger la tête pour dire oui ou non – 8 **un épervier** Sperber – 9 **une corne** Horn – 9 **semer la panique** faire peur à tout le monde – 12 **rétablir** ramener (wiederherstellen) – 15 **inoubliable** que l'on ne peut pas oublier – 24 **tarder à faire qc** mettre longtemps à faire qc

Chapitre 18

Adama

La pluie est arrivée, enfin. On a rentré les braises du foyer pour qu'elles ne soient pas noyées. Les filles ont sorti cuvettes, seaux et canaris pour récupérer l'eau du ciel et les enfants l'ont bue, langue tendue, en dansant sous les larges gouttes qui sont tombées dru pendant plus d'une heure.

C'est juillet. L'école est finie. Bintou est revenue. Et elle va rester deux mois ! Fanta est tout heureuse. Mais qu'est-il arrivé à sa grande sœur ? Elle qui, d'habitude, est toujours si contente de rentrer au village, ne cesse de pousser des soupirs en regardant au loin. Elle ne se chamaille plus avec sa cadette. Il lui arrive même de prendre ses livres d'école et de les lire, seule dans son coin. Fanta n'y comprend rien. La jeune fille se réveille seulement quand la nuit tombe. Elle danse et chante avec les autres filles sous le regard amical et lointain de la lune, mais dans la journée, elle se traîne lamentablement.

– Qu'est-ce que tu as ? lui demande Fanta. Tu es malade, tu as mal au ventre ?

– Laisse-moi ! lui répond Bintou d'un air agacé.

Mais la petite ne désarme pas.

– Tu as un bon ami ? lance-t-elle d'une voix rieuse.

– Tais-toi !

Bintou regarde autour d'elle si quelqu'un les a entendues.

– Tu me jures de ne le répéter à personne…

– Juré ! murmure Fanta qui sent qu'une révélation importante se prépare.

– Adama… souffle Bintou.

3 **noyé** *ici :* éteint – 5 **large** *ici :* gros – 6 **dru** *ici :* en grande quantité et très fort – 11 **un cadet** *ici :* l'enfant le plus jeune d'une famille (≠ un aîné) – 16 **se traîner** *ici :* faire les choses très lentement – 16 **lamentablement** jämmerlich – 20 **désarmer** *ici :* arrêter – 21 **lancer** *ici :* dire – 25 **juré** *ici :* promis – 25 **une révélation** le fait de dire un secret à qn

– Adama ? répète Fanta qui ne comprend pas.

– Adama qui s'est sauvé du village… Il est gardien dans un garage de Boromo la nuit, et dans la journée, il suit les cours du collège !

Stupéfaite par cette révélation, Fanta reste bouche ouverte.

– Il va venir me voir, souffle Bintou d'une voix encore plus basse.

– Venir te voir ?

Alors là, Fanta est complètement dépassée.

Il va venir au village !

– Mmm… bafouille-t-elle.

– Il prendra une moto et il viendra. Il a demandé à son patron, il a dit qu'il devait venir voir sa mère… Personne ne doit le savoir !

– Maiaiais…

– Arrête de bêler comme ça ! proteste Bintou d'un air agacé. Quand il sera devenu instituteur, nous nous marierons et il enverra de l'argent à sa mère, mais pour l'instant, que veux-tu qu'il fasse ?

2 **se sauver** fuir – 2 **un gardien** une personne qui garde qc ou qn, → un surveillant – 5 **stupéfait** qui est étonné, surpris – 9 **être dépassé** *ici :* ne plus comprendre

Chapitre 19

Rencontre secrète

Un léger mouvement réveille Fanta. Il fait complètement noir à l'intérieur de la case. Elle entend la respiration familière de sa grand-mère, un souffle régulier et un peu tremblé en fin d'expiration. Elle avance la main du côté où devrait se trouver Bintou mais la place est vide, encore tiède… Sans faire le moindre bruit, la petite se glisse à l'extérieur. Malgré l'absence totale de lune, il fait un peu moins noir que dans la chambre. Elle distingue les masses des maisons. Rien ne bouge, le ciel est couvert et même les étoiles se cachent. On entend piétiner de l'autre côté du mur. Ce sont les ânes qui ne dorment que d'un œil. Fanta, l'oreille aux aguets, se dirige vers les eucalyptus… Elle s'éloigne des dernières maisons, passe à côté du dispensaire dont on devine à peine l'ombre dans le noir. Ses pieds nus ne font aucun bruit sur la terre.

La moto est à moitié cachée derrière un buisson. Adama et Bintou sont debout juste à côté. Ce sont leurs voix étouffées qui ont guidé Fanta jusqu'à eux.

– Qu'est-ce que tu fais là ? siffle Bintou furieuse en découvrant soudain la petite à quelques centimètres d'eux.

Fanta ne sait que répondre. Elle a obéi à une sorte d'instinct qui l'a menée sur les traces de sa sœur.

– Si tu dis quelque chose… reprend Bintou furieuse, je…

– Laisse-la, dit Adama. Elle ne dira rien. Elle va surveiller pour nous !

Fanta lui lance un grand sourire que le garçon devine à un imperceptible reflet de lumière sur les dents blanches de la petite.

– Comment va ma mère ? s'inquiète-t-il encore.

18 **guider** conduire, montrer le chemin – 19 **siffler** *ici :* dire sur un ton *désapprobateur* (missbilligend) – 27 **imperceptible** qu'il est presque impossible de remarquer – 27 **un reflet** Reflex

– Ça va… ça va bien, ne t'en fais pas ! Toutes les filles de l'école, nous allons l'aider à tour de rôle pour son petit champ ! Et l'association des femmes lui a prêté un peu d'argent pour les semences… Vous allez vous marier ? ajoute-t-elle.

– Pas tout de suite… Écoute, je ne peux pas rester longtemps, il faut que j'aie rapporté la moto avant que le jour se soit levé… Personne ne doit savoir que je suis venu. Si mes oncles savaient, ils m'attraperaient, ils me battraient et je perdrais mon travail…

– Bien sûr, murmure Fanta, n'ayez crainte, si quelqu'un approche, je sifflerai comme la chouette pour vous prévenir…

Elle s'éloigne des deux amoureux silencieux, et s'arrête à la barrière des eucalyptus, petite silhouette invisible collée au tronc mince d'un arbre.

Le temps lui paraît long jusqu'au moment où elle devine plus qu'elle n'entend le bruit des pneus. Quelques minutes plus tard, Bintou surgit à côté d'elle.

– Il est parti… murmure-t-elle avec tristesse.

Les deux sœurs se glissent sans bruit vers la case où la Vieille continue à dormir paisiblement. Elles sont déjà couchées quand, très lointain, leur parvient le bruit d'un moteur. Après avoir longtemps marché en poussant silencieusement sa machine, Adama vient de redémarrer.

Les chiens n'ont pas aboyé une seule fois. Tout est calme dans le village. Les bêtes comme les hommes savourent la fraîcheur de la nuit. Fanta s'endort en pensant à la princesse Yennenga qu'elle imagine sous les traits presque oubliés de sa mère.

Nul n'ignore l'histoire de Ouedraogo, le père du peuple mossi. Selon la légende, Yennenga, la fille du roi, qui n'avait pas

3 **prêter** donner qc à qn s'il/elle accepte de le rendre plus tard – 11 **siffler** faire un son *aigu* (hoch) en faisant passer de l'air entre ses lèvres – 16 **un pneu** la partie de la roue d'une voiture en contact avec la route qui est pleine d'air – 21 **parvenir** *ici :* arriver jusqu'à – 23 **redémarrer** mettre de nouveau en marche, faire fonctionner de nouveau – 24 **aboyer** crier pour un chien – 25 **savourer** apprécier – 26 **une fraîcheur** ≠ une chaleur – 27 **les traits** *mpl ici :* les lignes qui donnent sa forme au visage

de frères, avait été élevée par son père comme un garçon, elle montait à cheval, chassait, tirait à l'arc et se battait comme un guerrier. C'était même le meilleur guerrier du royaume, aussi le roi, son père, ne voulait pas qu'elle se marie. Mais Yennenga rêvait d'amour, alors, pour le faire comprendre à son père, elle sema un champ de gombos. Le gombo mûrit et Yennenga le laissa dépérir sans le cueillir. Son père, étonné, lui demanda la raison de cette négligence. « Mon père, lui répondit-elle, vous me laissez dépérir comme dépérit ce champ de gombos. » En entendant ces mots pleins de sagesse, le roi se mit en colère et ordonna à ses gardes d'enfermer la jeune fille. Pendant la nuit, Yennenga s'enfuit avec la complicité d'un écuyer. Ils galopèrent longtemps, traversèrent des forêts et des savanes, fuyant loin de la colère du roi, jusqu'au jour où ils furent attaqués par des soldats malinkés. La princesse Yennenga réussit à s'échapper mais son fidèle écuyer fut tué dans le combat. Yennenga se retrouva seule, en pleine forêt, à des centaines de kilomètres de Gambaga. Pas question de revenir en arrière ! Elle poursuivit sa route jusqu'à la rivière Nakambé. Le jour se levait. Tout était silencieux, il n'y avait personne. Le fleuve était haut et le courant fort. Accrochée au cou de son cheval, la jeune fille tenta pourtant de le traverser. Cheval et cavalière luttèrent longtemps contre les eaux. Vingt fois ils faillirent être emportés par le courant, enfin, épuisée mais victorieuse, l'amazone et sa monture parvinrent sur l'autre rive. Yennenga aperçut une cabane et se redressa. Au même instant, Rialé, le chasseur d'éléphants, sortit de la cabane et vit la jeune fille ruisselante et fière. Aussitôt l'amour les saisit l'un et l'autre. Bientôt un fils leur naquit qu'ils appelèrent Ouedraogo : « Cheval Mâle »…

2 **tirer à l'arc** *m* mit dem Bogen schießen – 3 **un guerrier** un soldat, une personne qui fait la guerre – 8 **une négligence** Nachlässigkeit – 9 **dépérir** mourir – 12 **un écuyer** personne au service d'un chevalier – 15 **les Malinkés** un peuple d'Afrique de l'Ouest – 17 **une centaine** environ cent – 18 **Gambaga** une ville du Ghana, pays frontalier du Burkina Faso – 22 **un cavalier** une personne qui fait du cheval – 22 **lutter** se battre – 24 **épuisé** très fatigué – 24 **victorieux** qui a gagné, qui a obtenu la victoire – 27 **ruisselant** triefend – 28 **saisir** prendre – 29 **mâle** masculin

Adama chevauchant son cheval de fer traverse le rêve de Fanta. Bintou, le ventre rond comme un ballon, se penche sur sa sœur et la secoue vigoureusement.

Fanta ouvre les yeux, Bintou est bien penchée au-dessus d'elle, mais son ventre est parfaitement plat.

– Réveille-toi, paresseuse !

– J'ai rêvé… murmure Fanta.

Encore à moitié endormie, elle ne sait plus très bien, de la rencontre nocturne avec Adama et du chasseur Rialé, ce qui appartient à la réalité et ce qui appartient au rêve.

– J'ai rêvé de toi…

– Quoi ? demande avec anxiété Bintou qui n'ignore pas que les esprits s'expriment par les rêves, et particulièrement par ceux de sa sœur.

– Fanta ! crie Mâ, étonnée que sa petite-fille ne soit pas encore sortie.

– J'arrive, Mâ, répond la fillette qui se lève d'un bond et promet : C'est un beau rêve, je te raconterai, la princesse Yennenga elle-même veille sur toi !

Bintou est infatigable ce matin. Elle lance le pilon avec la vigueur d'une femme, court après les poules comme une petite fille, s'occupe des petits, tourne le tô, nourrit la volaille… on dirait qu'elle a dix mains !

« Alors, c'est ça, l'amour ! se dit Fanta. Cela vous enlève toute force et vous rend invincible tour à tour ! Cela fait vivre et cela fait mourir. »

Elle jette derrière la cour les épluchures d'igname et les feuilles de maïs dont les cochons se régaleront.

1 **chevaucher** faire du cheval ; *ici :* faire de la *moto* (cheval de fer) – 2 **se pencher** sich beugen – 6 **paresseux** une personne qui ne veut pas travailler, qui n'a pas envie de faire d'efforts – 9 **nocturne** qui se passe la nuit – 10 **appartenir à** être à, être possédé par – 12 **une anxiété** une inquiétude (Beunruhigung) – 20 **infatigable** qui ne se fatigue pas – 22 **une volaille** tout animal à *plume* (Feder) qui vit dans une ferme – 25 **invincible** une personne ou chose contre lequel/laquelle on ne peut pas gagner – 27 **une épluchure** ce qu'on épluche/enlève des fruits et des légumes avec un couteau

Trois charognards sont posés un peu plus loin. L'un d'entre eux s'envole, bientôt suivi des deux autres. Ils tournent, majestueux. La petite les suit un instant des yeux avec inquiétude. Est-ce un mauvais présage ? Ou au contraire est-ce le signe que les mauvaises pensées s'envoleront ? Depuis le passage de l'exciseuse, on se méfie, Fanta le sent à certains silences. Des femmes tirent leurs filles par le bras pour les faire rentrer dans leur cour quand elle passe, on murmure derrière le dos de Mâ…

Est-ce qu'elle aussi un jour, elle sera amoureuse, comme Bintou ?

Des cris joyeux la tirent de sa rêverie. Elle rentre dans la cour. Tout le monde se presse autour de Sali : la jeune femme tient les mains sur son ventre en riant !

– Ce sera un garçon ! proclame-t-elle.

Décidément, les charognards se sont envolés loin de leur cour !

1 **un charognard** se dit d'un animal qui ne mange que des *cadavres* (Leiche) – 4 **un présage** un signe de ce qui va se passer dans le futur – 13 **se presser** *ici :* se grouper, se réunir – 16 **décidément** *ici : manifestement* (ganz offensichtlich)

Chapitre 20

L'hivernage

On a commencé à récolter le premier maïs, puis le sorgho et le mil. Et on continue à semer, ainsi chaque semaine de nouveaux épis arrivent à maturité. Si Dieu veut, on récoltera du maïs jusqu'en novembre et le sorgho et le mil jusqu'en décembre.

Quand le champ est trop loin, on ne rentre pas avant le soir, les filles apportent à manger et on fait la sieste sur place, à l'ombre d'un arbre. Chaque jour, la pluie vient ramollir la terre et nourrir les semences. Les femmes travaillent avec les hommes, aussi dur qu'eux. Bégué ne veut pas que ses nièces aillent aux champs. Elles sont trop jeunes, dit-il. Bien des filles de leur âge y vont pourtant, mais elles, elles restent dans la cour avec Mâ. Toutes trois s'occupent de l'eau, du bois, de la cuisine, des petits.

Delphine a téléphoné. Elle dit qu'à Paris, il fait aussi chaud qu'au pays. Les Français appellent ça « la canicule ». Comme ils n'ont pas l'habitude, il y a beaucoup de gens qui meurent, surtout les plus vieux. Elle dit que les enfants sont partis en vacances et qu'elle n'a pas beaucoup de travail, juste le ménage dans les bureaux. Elle n'a pas pu envoyer d'argent ce mois-ci, elle enverra le mois prochain, avec quelque chose en plus pour les filles. Bintou a fini son année en beauté, au grand étonnement de ses oncles et de sa grand-mère qui pensaient que l'école ne l'intéressait pas, Fanta a bien travaillé elle aussi. Encore une année, et elle pourra aller au collège, comme sa sœur.

Les filles passent des heures à se tresser les cheveux après les avoir enduits de beurre de karité tout en bavardant. Quand elles sont seules, le nom d'Adama revient sans fin sur les lèvres de Bintou. Elle sait qu'elle ne le reverra pas avant la rentrée des

4 **un épis** Ähre – 4 **arriver à maturité** devenir assez *mûr* (reif) pour être mangé – 8 **ramollir** ≠ rendre dur – 16 **une canicule** une vague de chaleur – 27 **enduire** couvrir

classes, mais ce n'est pas grave. Il est venu comme il l'avait dit, et il lui a offert des cauris, ces petits coquillages, cadeaux traditionnels des fiancés à leur promise ! Fanta les a fixés au bout des tresses de sa sœur. Mâ les a regardés. Elle n'a pas demandé d'où ils venaient.

Mille tâches les occupent. Préparer les noix de cajou en prenant garde de ne pas se brûler les doigts avec le lait toxique qu'elles recèlent sous leur écorce verte. Couper des tranches de mangue pour les faire sécher et les conserver. Écraser les noix de karité pour en extraire la graisse, la faire bouillir, la tamiser jusqu'à en faire un beurre onctueux et lisse qu'il n'y aura plus qu'à parfumer.

Un soir, alors que les hommes se délassent sous la véranda en attendant que les femmes leur apportent à manger, le cellulaire de Bégué émet sa petite musique. C'est Delphine. Elle bafouille à moitié tant elle est heureuse : elle a eu son papier… son permis… son permis de résidence. Désormais elle pourra avoir un permis de travail, et ensuite un titre de séjour ! Elle n'est plus une sans-papiers ! Si elle avait de l'argent pour le billet d'avion, elle pourrait demander un passeport et venir voir ses filles !

On entend son rire sortir du petit appareil. Son rire de France résonne à Nanou ! Bientôt tout le village est au courant, et des voisins apportent une pintade pour féliciter la famille. Les hommes font passer le bidon de tchapalo. Ibrahim envoie chercher des cigarettes. Bientôt l'odeur de la pintade rôtie se répand dans l'air. Médor se tient tapi, immobile, prêt à bondir sur les os qu'on lui jettera. Bégué a branché la télévision. Après quelques dessins animés se tient un débat en français entre

2 **un cauris** un type de coquillage – 3 **un fiancé** une personne avec qui l'on va officiellement se marier – 3 **fixer** attacher – 6 **une tâche** *ici :* un travail, qc que l'on doit faire – 6 **une noix de cajou** Cashewnuss – 8 **recéler** garder, avoir – 8 **une écorce** la peau dure d'un arbre ou d'un fruit – 8 **une tranche** une portion, un morceau – 9 **sécher** devenir sec – 10 **extraire** faire sortir – 10 **bouillir** kochen – 10 **tamiser** (durch) sieben – 15 **émettre** produire un son – 16 **bafouiller** parler de façon confuse – 17 **un permis de résidence** *l'autorisation f* (Erlaubnis) officielle de vivre en France – 27 **tapi** caché – 29 **un dessin animé** Zeichentrickfilm

plusieurs ministres de l'État, plus gros et plus prétentieux les uns que les autres. Les voix des hommes couvrent celle de la télévision, mais même si personne ne l'écoute, elle reste allumée, montrant par sa lumière bleutée que Nanou n'est pas isolé du reste du monde.

La discussion est animée. Tout le monde connaît quelqu'un qui connaît quelqu'un qui est parti en France, mais tandis que les uns prétendent que c'est le pays de cocagne, d'autres affirment que les Français sont racistes, que la police maltraite les étrangers. On ne trouve plus de travail en France, Paris est plein de essedéèf, dit quelqu'un. Fanta écoute sans comprendre. C'est quoi un essedéèf ? Tandis qu'elle est plongée dans ses pensées, Pangatié, si discret, élève soudain la voix. Il y a toujours du travail pour ceux qui en veulent vraiment, affirme-t-il. Contrairement à son frère aîné, lui sait lire et écrire. Il ira gagner de l'argent en France, même s'il n'a pas les papiers.

Les femmes se retirent, laissant les hommes devant l'écran allumé.

Fanta ne comprend pas pourquoi les Blancs exigent des papiers pour vous laisser travailler, voyager, vivre… Elle est si excitée à l'idée que sa mère viendra peut-être qu'elle n'arrive pas à s'endormir. Et si Delphine voulait la ramener en France avec elle ? Comment les enfants de son âge l'accueilleraient-ils ? Le racisme, c'est quoi ? Est-il possible qu'on lui reproche sa peau noire ! Elle a du mal à imaginer une chose pareille, elle qui n'a jamais vu de Blanc ! Sûrement on se moquerait d'elle, de son mauvais français, de son accent africain. Et puis il paraît qu'en France, les enfants commencent l'école plus tôt, alors elle serait la plus grande de sa classe… « Seulement quand tu seras grande… » a dit Mâ. Est-ce qu'elle est grande déjà ?… L'année prochaine elle va rentrer au collège ! Et « seulement si tu veux », a ajouté la Vieille. Mais comment savoir si elle veut ?

1 **prétentieux** arrogant – 5 **isolé** *ici :* coupé du monde, séparé – 6 **animé** ≠ calme – 8 **un pays de cocagne** un pays très riche, où la vie est facile et où l'on peut facilement faire fortune – 9 **affirmer** dire en étant sûr de soi – 9 **maltraiter** faire du mal – 17 **se retirer** *ici :* partir, s'en aller – 22 **ramener** *ici :* prendre qc avec soi – 25 **une chose pareille** une telle chose

La respiration régulière de sa grand-mère ne suffit pas ce soir à la rassurer. Elle a trop chaud, la sueur perle à son front. Elle se tourne et se retourne sur sa natte. Pangatié rêve de partir en France. Encore une fois une vive discussion s'est engagée entre les deux frères. On entend l'éclat de leurs voix à travers la cour. Bintou a dit à sa sœur qu'elle n'avait pas envie de quitter son pays. « Je veux me marier avec Adama et être institutrice, comme lui, pour que tous les enfants du Burkina puissent aller à l'école. » Et elle, Fanta, que veut-elle ?

Elle se glisse hors de la case pour aller faire pipi. La télévision est éteinte. Sous la véranda de Bégué, la lampe à pétrole brille doucement, faisant paraître la nuit plus noire, la lune éclaire largement la cour. Elle aimerait bien se promener dans le village endormi mais qui sait si des esprits ne rôdent pas. Elle préfère retourner s'allonger sur sa natte.

Un large fleuve passe entre les jambes de la tour Eiffel. Un crocodile le traverse. De l'herbe verte comme elle n'en a jamais vue borde le fleuve. Un coq chante. Fanta ouvre les yeux. Une aube pâle se lève sur la cour nue où ne pousse pas la moindre fleur ni le moindre brin d'herbe. Mâ dort encore, allongée sur le dos, droite et fine comme une barque. Bintou lui tourne le dos, recroquevillée en chien de fusil, elle dort profondément elle aussi. Fanta ne bouge pas, prise, engluée dans son rêve. Il lui semble voir des forêts entières avancer comme une armée verte, elle qui n'a jamais vu que les manguiers ronds et plats comme des calebasses renversées, les baobabs au tronc renflé et les eucalyptus gris et fins, comme des bougies, elle qui n'a jamais vu la mer voit en rêve avancer un océan végétal dans lequel elle sombre avec bonheur. Quand elle se réveille pour la seconde fois, sa grand-mère est en train de se laver. Fanta lui conte l'étrange songe.

2 **rassurer** rendre calme – 13 **largement** *ici :* très bien – 14 **rôder** umherstreifen – 18 **border** → au bord de qc – 21 **une barque** un petit bateau – 22 **se recroqueviller** *ici :* sich zusammenkauern – 22 **(être couché / dormir) en chien de fusil** mit angezogenen Beinen daliegen / schlafen – 22 **profondément** tief – 23 **englué** *ici :* qui a du mal à sortir de qc, qui est pris dans qc – 26 **renversé** *retourné* (umgedreht) – 31 **un songe** un rêve

– Il faut consulter la géomancienne, dit Mâ, ton ancêtre est venu te parler ! Sûrement il s'agit de quelque chose d'important !

Elle s'enveloppe la tête dans un tissu léger, se munit de noix de cola pour remercier la voyante de ses services, et elle emmène sa petite-fille chez Mamie Awa.

Le soleil implacable s'élève sur la terre sèche. La chaleur fait trembler l'air au loin. Elles traversent le village, renvoyant les salutations aux uns et aux autres. Une poule entourée de poussins picore à l'entrée d'une cour. Un petit chevreau s'enfuit à leur passage, manquant s'étaler devant elles, encore maladroit sur ses jambes trop écartées.

Les fidèles reviennent de la mosquée, faisant rouler entre leurs doigts les boules du chapelet.

Dans la case de la vieille Awa, il fait si sombre qu'on distingue à peine les formes rondes des calebasses entassées dans un coin. L'air est étouffant. Un parfum d'encens et de cire flotte entre les murs noircis. La petite fille s'agenouille respectueusement devant son aînée. Mâ elle-même incline la tête et croise les mains.

– La paix sur toi !

– La paix seulement…

Les deux femmes échangent longuement les salutations, s'inquiétant de la santé de chacun, et bénissant tous les membres de la famille. Enfin, après avoir partagé la noix de cola avec la vieille Awa, Mâ expose le but de sa visite :

– Nous sommes venues te consulter, toi qui sais entendre les esprits !

1 **consulter qn** demander conseil à qn – 1 **un géomancien** une personne qui lit les signes et les interprète – 5 **un voyant** un géomancien – 7 **implacable** dur, sans *pitié* (Mitleid) – 10 **un poussin** le petit d'une poule – 10 **picorer** picken – 10 **un chevreau** le petit d'une chèvre – 11 **maladroit** ungeschickt – 14 **un chapelet** Rosenkranz – 17 **la cire** le matière dont sont faites les bougies – 17 **flotter** *ici :* être dans l'air – 18 **noirci** qui est devenu noir – 23 **échanger** adresser et recevoir en retour – 26 **exposer** *ici :* expliquer

Depuis leur arrivée, Fanta n'a pas dit un mot, elle se tient immobile, les fesses posées sur les talons, les yeux baissés. C'est Mâ qui raconte le rêve de sa petite-fille. Awa reste silencieuse un moment. Elle mastique lentement la noix de cola. Fanta attend sans bouger malgré la chaleur. Au bout d'un temps qui lui paraît très long, Awa prend cinq cauris qu'elle va chercher sous un amoncellement de pagnes et demande à Fanta de les lancer.

Les cauris s'éparpillent devant elle. La vieille femme s'exclame :

– Je vois quelque chose… quelqu'un…

– Un homme ?

– Une femme… Elle vient, elle revient…

Fanta et sa grand-mère se regardent. Delphine ? Delphine a dit qu'elle avait des papiers, que désormais elle pourrait revenir au pays, qu'il fallait seulement l'argent…

– Une femme… Elle vient mais elle ne reste pas. Je vois aussi une séparation… deux sœurs séparées…

La vieille Awa lève vers Fanta son visage ridé.

– Le caïman est venu te voir… Il a besoin de toi. Les dieux de nos ancêtres ont besoin de toi… Quand les pluies s'arrêteront, il faudra sacrifier trois poulets et puis il y aura des fiançailles, mais pas pour toi, toi tu seras coupée en deux mais tu ne mourras pas…

Fanta frissonne.

Que veut dire la vieille Awa ?…

– Je vois une chèvre blanche et noire. Elle court dans la brousse… Elle est protégée…

Perplexes, Mâ et sa petite-fille rentrent dans leur cour.

– Alors ? demande impatiemment Bintou.

– Je ne sais pas, elle dit que nous allons être séparées…

2 **les yeux baissés** les yeux qui regardent vers le sol – 4 **mastiquer** kauen – 7 **un amoncellement** Haufen – 18 **séparé** ≠ ensemble – 22 **les fiançailles** une cérémonie pendant laquelle deux personnes promettent de se marier

– Pas besoin d'elle pour le savoir : la semaine prochaine, c'est la rentrée et je retourne à Boromo ! s'exclame Bintou. C'est tout ce qu'elle a dit ?

– Elle a parlé de fiançailles et d'une chèvre blanche et noire.

– De fiançailles ?

Bintou exulte. Ce sont ses fiançailles avec Adama, elle n'en doute pas !

– La Vieille n'a rien répondu ?

– Elle a dit qu'elle ferait le sacrifice pour les poulets !

6 **exulter** être très content

Chapitre 21

Le départ de Bintou

Quelques pluies tombent encore, on espère qu'elles dureront jusqu'à la fin du mois de septembre. Les vacances sont finies.

Toute joyeuse, Bintou retourne à Boromo où elle va retrouver Adama. Il est encore très tôt quand elle quitte la cour. La veille, elle a fait le tour du village pour saluer tout le monde.

– Prends garde à toi, lui dit la Vieille, ne mange pas la mangue verte car tu auras mal au ventre !

Elle donne à sa petite-fille un collier de cuir, une simple lanière teintée de rouge, auquel pend un cauri. Bintou regarde sa grand-mère sans rien dire. Comment la Vieille a-t-elle deviné ? Mystère ! Mais elle n'a pas trahi le secret de sa petite-fille. Elle lui rappelle seulement que l'amour est un fruit qui ne doit pas pousser trop vite dans le ventre des filles. Bintou a compris le message, elle sera sage, elle saura attendre.

– Garde-le précieusement, et touche le coquillage trois fois chaque fois que tu auras besoin de force ! Dieu te garde, ma fille !

Elle pose ses doigts sur le front de la jeune fille en une légère et inoubliable caresse. Debout à côté de sa grand-mère, Fanta, qui elle n'a rien compris, regarde, comme si elle ne les avait jamais vus, les chemins de terre qui emmènent l'œil loin jusqu'au bord du ciel, la silhouette des manguiers, celle des eucalyptus, et les murs rouges du dispensaire. Son cœur se serre. Elle aussi, un jour, devra quitter tout cela pour aller affronter un autre monde, Boromo ou Paris peut-être… ?

9 **un collier** un *bijou* (Schmuckstück) que l'on porte autour du cou – 10 **une lanière** Riemen – 10 **teinté** à qui l'on a donné une couleur – 12 **trahir un secret** raconter un secret à qn qui ne devrait pas le connaître – 16 **précieusement** en faisant très attention

Bégué est allé chercher la moto d'Ibrahim, Bintou monte derrière lui. Fanta se colle contre le flanc de sa grand-mère et agite la main mais Bintou ne se retourne pas.

« Quand tu reviendras, on fera un sacrifice », a dit Mâ qui n'a pas oublié l'ordre de la géomancienne.

La moto s'éloigne, laissant derrière elle un nuage de poussière qui retombe doucement. Le gazouillement des oiseaux recouvre le bruit du moteur. Fanta se détache de sa grand-mère et court derrière la moto. Elle crie le nom de sa sœur. Bintou se retourne. L'émail blanc de ses dents brille dans son visage noir. Son sourire est si éclatant que la tristesse de Fanta s'envole, elle est rendue d'un coup à la joie de vivre, comme un paysage au soleil quand le vent a chassé les nuages. Essoufflée, Fanta s'arrête de courir et regarde disparaître les deux cavaliers modernes. On aperçoit la pointe de la mosquée qui marque la sortie du village.

Elle retourne vivement vers la cour. C'est la rentrée pour elle aussi. Elle donne à manger aux poules, range son cahier dans son cartable et file à l'école tandis que Sali et Assiatou, un seau sur la tête, vont chercher l'eau pour remplir les canaris avant d'aller au champ.

Le mois de septembre se déroule sans grand événement. Chaque soir, les hommes, fatigués, se retrouvent sous la véranda de Bégué, attendant que les femmes leur portent le riz sauce dont le parfum mêlé de nuit leur met l'eau à la bouche. S'il pleut jusqu'en octobre, les greniers seront pleins.

Cette semaine, Ibrahim a annoncé qu'il irait chercher des vaccins contre la poliomyélite. Tous les enfants de moins de cinq ans doivent être vaccinés. Certaines femmes craignent que ces vaccins ne fragilisent les enfants. Il faut organiser une réunion avec les Anciens pour parler de ce problème. Certaines

2 **un flanc** un côté – 7 **un gazouillement** un chant d'oiseau – 8 **se détacher** *ici :* se séparer, s'éloigner – 11 **une tristesse** ≠ une joie – 13 **essoufflé** qui n'arrive plus à respirer à cause de l'effort fait – 25 **mêlé** → mélangé – 28 **un vaccin** Impfstoff – 28 **la poliomyélite** Kinderlähmung – 29 **vacciné** geimpft – 30 **fragiliser** ≠ rendre fort

disent même qu'il faut cacher les petits pour les soustraire à la vaccination.

Le marabout lui-même vient expliquer que le vaccin est gratuit, qu'il n'est pas contraire au Coran, et qu'il empêche les enfants de mourir ou de rester paralysés. Les femmes, debout derrière, écoutent attentivement les paroles du saint homme. Le maître d'école est là aussi.

– C'est un vaccin contre la poliomyélite, explique-t-il.

Poliomyélite... les femmes répètent ce mot étrange et dangereux...

– Tous les ans des milliers d'enfants au Burkina meurent de cette maladie, et ceux qui s'en sortent sont sourds, ou boiteux. Vous avez tous un frère ou une sœur de case qui a été touché, vous connaissez la maladie. Vous devez protéger vos enfants. Je vous promets qu'aucun de ceux qui auront été vaccinés ne sera plus jamais atteint.

– Mais est-ce qu'il n'attrapera pas plus facilement les autres maladies ? demande une des femmes.

– Non. Je vous l'ai dit, le vaccin ne protège pas contre les autres maladies, mais il ne fait pas de mal.

Le maître, qui ne peut s'empêcher de faire la leçon, rappelle que c'est le président Sankara qui a initié les grandes campagnes de vaccination. Fanta n'écoute pas la suite. Un soir, elle s'en souvient, dans la cour les hommes ont parlé de l'ancien président. « C'est le camarade Sankara qui a rendu aux hommes la dignité et la confiance que la colonisation avait détruites », a dit à voix basse Tonton Bégué. Et les autres hommes présents ont approuvé. « Malgré son assassinat sous couvert du président actuel, il est toujours dans notre cœur ! » a ajouté dans un murmure Tonton Pangatié. Ils parlaient en français, comme s'ils avaient peur qu'on les comprenne.

1 **soustraire** *ici :* faire éviter – 5 **paralysé** qui ne peut pas bouger – 6 **attentivement** en faisant attention – 12 **boiteux** hinkend – 26 **la dignité** Würde – 28 **approuver** dire que l'on est d'accord avec ce qui vient d'être dit – 28 **un assassinat** quand une personne en tue une ou plusieurs autres

Le maître, lui, parle fort, il parle comme un livre et personne n'ose rien dire.

– En 1984, j'avais dix ans quand avec 2 500 000 autres enfants de neuf à quatorze ans, j'ai été vacciné contre la rougeole, la méningite et la fièvre jaune grâce au camarade Sankara qui a lancé cette campagne avec l'Unicef, déclare-t-il. C'était à peu près à la même époque qu'aujourd'hui, dans les derniers jours de l'hivernage. Un peu plus tard… le 25 novembre 1984 exactement. Je me souviens de l'inquiétude de ma maman, mais nous avions confiance dans notre président.

Ibrahim reprend la parole pour expliquer qu'il est important que les enfants soient vaccinés sans retard car « la chaîne du froid » ne doit pas être rompue.

– Je reviendrai de Boromo avec le vaccin dans une glacière, il faut absolument qu'il soit fait avant que la glace ait fondu, sinon, il ne sert à rien.

Une brigade de jeunes gens est désignée pour accompagner les mamans et veiller à ce que chaque enfant passe à son tour, sans bousculade ni perte de temps.

La semaine suivante, quand Ibrahim revient, Mâ est la première devant le dispensaire avec les petites. Fanta l'accompagne, portant Siaka sur son dos. Les femmes sont rangées en bon ordre devant la porte du dispensaire. À l'appel de leur nom, elles s'avancent et le vaccin est administré dans une pièce rafraîchie par un ventilateur branché sur une batterie.

À midi, tout est terminé. Il ne reste plus que quelques glaçons qui flottent dans l'eau.

4 **la rougeole** Masern – 5 **la méningite** Hirnhautentzündung – 6 **lancer** *ici :* mettre en place, organiser, commencer – 13 **rompu** → interrompu – 14 **une glacière** une caisse dans laquelle on peut garder des *aliments* (Lebensmittel), des médicaments à des températures très basses – 15 **absolument** à tout prix – 17 **désigné** choisi – 18 **veiller** *ici :* vérifier, contrôler – 19 **une bousculade** Gedränge – 19 **une perte** → perdre – 24 **administré** *ici :* donné – 25 **rafraîchi** ≠ chauffé – 28 **un glaçon** un petit morceau de glace

– Pourquoi Bintou n'est pas revenue avec Ibrahim ? demande Fanta, un peu déçue, à sa grand-mère.

– Il faut qu'elle travaille. Le collège, c'est difficile… répond la Vieille avant d'ajouter avec un drôle de sourire derrière les yeux : Tu te souviens d'Adama ?

Fanta détourne la tête sans répondre. Elle n'aime pas mentir à sa grand-mère, mais elle n'a pas le droit de trahir le secret de sa sœur.

– C'est un brave garçon, continue Mâ. Un garçon courageux et volontaire. Celle qui l'épousera ne sera pas à plaindre, mais elle devra être solide et courageuse elle aussi…

Fanta ne répond pas. Comment la Vieille est-elle au courant ? Fanta se pose à peine la question. La Vieille n'est-elle pas toujours au courant de tout ? Peut-être les a-t-elle entendues parler une nuit, alors que les filles la croyaient endormie, ou le tuteur de Bintou aura découvert quelque chose ? Non, il en aurait parlé aux oncles, et ce serait un scandale. À moins que ce ne soit Ibrahim qui ait su quelque chose par le garagiste ?

En tout cas, elle sait, et elle protège. Fanta peut à nouveau la regarder en face.

Le 15 octobre, pour la commémoration de l'assassinat de Thomas Sankara, le maître a préparé une leçon d'histoire. Il explique aux enfants qui fut l'ancien président, sa volonté de lutter contre la corruption et les méfaits de la colonisation. Il leur parle de son courage, et de son désir de donner à son pays une véritable indépendance, en consommant des produits locaux, en protégeant et en cultivant la terre. En acquérant aussi les connaissances des Blancs.

– Le camarade Sankara est le premier président du Burkina Faso. Avant lui, le pays s'appelait la Haute-Volta, mais en 1984, il a pris le pouvoir à la suite d'un coup d'État, et il a donné à son

7 **trahir** *ici :* dire qc que l'on a promis de garder secret – 9 **brave** gentil – 10 **volontaire** qui est plein de volonté (→ vouloir) – 11 **solide** fort – 18 **un garagiste** une personne dont le travail est de réparer les voitures et les motos – 20 **une commémoration** Gedenkfeier – 23 **une volonté** → vouloir – 24 **un méfait** un crime – 26 **véritable** vrai – 26 **consommer** *ici :* utiliser, se servir – 27 **acquérir** *ici :* apprendre

pays un nom nouveau, un nom qui était une déclaration : « Le pays des hommes intègres ». C'est lui qui a favorisé la promotion du Festival panafricain du cinéma de Ouagadougou, leur dit-il, un festival qui, depuis plus de trente-six ans, réunit dans la capitale des cinéphiles du monde entier et fait de la ville un centre d'attraction. Le Fespaco a lieu tous les deux ans et il a permis l'existence d'un vrai cinéma africain. Le président Sankara lui a donné ses lettres de noblesse, tout en encourageant et développant les arts et artisanats traditionnels.

« La patrie ou la mort, nous vaincrons ! » scandent les enfants en sortant de classe ce jour-là.

Et personne ne leur dit rien.

1 **une déclaration** öffentliche Erklärung – 2 **intègre** qui fait tout avec *honnêteté* (Anständigkeit) – 2 **favoriser** aider – 2 **une promotion** *ici :* la création, le développement et la publicité – 4 **un cinéphile** un amateur et connaisseur de cinéma – 6 **un centre d'attraction** un endroit qui *attire* (anziehen) les gens et les entreprises – 6 **fespaco fes**tival **pa**nafricain du **c**inéma et de la télévision de **O**uagadougou – 7 **permettre** rendre possible – 9 **un artisanat** Handwerk – 10 **une patrie** un pays, une nation – 10 **vaincre** gagner, triompher – 10 **scander** crier qc de façon très rythmée

Chapitre 22

Panne de la pompe

Il y a foule ce matin autour de la pompe. Les femmes se bousculent, piétinent dans la boue. On entend quelques chamailleries mais, à la fin, il faut bien se rendre à l'évidence : l'eau ne vient pas. Quelques giclées pleines de terre sont sorties du tuyau et puis plus rien. On a beau le secouer, appuyer sur la pédale, la pompe est cassée, ou le puits est à sec !

Les plus jeunes restent bras ballants, ne sachant que faire. On a envoyé un enfant chercher Issa, le mécanicien.

Sans attendre Issa, Sali entraîne Assiatou vers la rivière. Malgré son ventre qui commence sérieusement à s'arrondir, elle continue à accomplir toutes ses tâches. Elle va chercher l'eau, le bois, pile le grain et tourne le tô avec la même vigueur que d'habitude. La Vieille, qui n'est pourtant pas une tendre, lui a dit hier : « Repose-toi un peu ma fille… tu vas fatiguer l'enfant ! » Le cœur de Sali s'est gonflé de fierté. Pas question ce matin de rentrer avec un seau vide.

– Où va-t-on ? demande Assiatou.

– À la rivière !

D'autres femmes ont eu la même idée, et une longue procession colorée se dirige vers la rivière dont le cours est encore haut. Sali commence à chanter, et bientôt toutes les femmes reprennent en chœur le refrain qui rythme leur marche.

Quand Issa arrive près du puits, bien des heures plus tard, il n'y a plus aux alentours que quelques fillettes envoyées là aux informations. Il observe pendant un bon bout de temps chaque pièce du mécanisme, soulève le lourd couvercle, jette un caillou

3 **la boue** un mélange de terre et d'eau – 4 **une chamaillerie** une dispute – 4 **se rendre à l'évidence** accepter la situation telle qu'elle est – 5 **une giclée** Spritzer 6 **un tuyau** une canalisation – 6 **secouer** schütteln – 16 **se gonfler** *ici :* se remplir – 21 **coloré** plein de couleurs différentes

dont il entend quelques secondes plus tard le « plouf ». L'eau n'est pas loin, trente, quarante mètres maximum. Alors ?

Un mauvais sort a dû être jeté sur le puits. Les uns disent que c'est à cause des fillettes non purifiées que le puits s'est bouché. Les oncles d'Adama eux ne sont pas loin de croire que leur neveu est fautif. Tout le village sait désormais qu'il a repris le collège. On sait même que la vieille Kadidja, la grand-mère de Bintou, a rencontré la mère d'Adama et qu'elles se sont parlé. Ce mariage serait un défi au village tout entier : une impure qui épouserait un fugueur ! Pas étonnant que les esprits se fâchent et que le puits se bouche !

Issa revient quelques heures plus tard mais ses efforts restent vains. Il faut faire venir le spécialiste.

Issa va voir Bégué pour qu'il appelle l'homme de Boromo qui a installé la pompe, mais Bégué n'a plus d'unités sur son cellulaire. Ils vont ensemble chez Ibrahim. Heureusement, la carte d'Ibrahim est encore bonne. Adolphe, le technicien, est chez lui. Il promet de venir le jour même.

Mais comment fera-t-on pour le payer ? Le mil, le sorgho, le maïs ont bien poussé cette année. Les greniers sont pleins, les volailles grasses, les poussins nombreux, mais que vaut tout cela sur le marché ? Les paysans alentour ont fait eux aussi une bonne récolte.

Le coton n'est pas encore ramassé. Lui seul pourrait rapporter un peu d'argent.

Le chef du village réunit rapidement les plus anciens, et il est décidé qu'il emmènera une cargaison de légumes et de mil à Ouaga avec sa voiture. Là-bas, son frère se chargera de les vendre au meilleur prix. Cela suffira-t-il à payer la réparation ?

Dans chaque famille, on fouille sous les boubous, là où l'on range les quelques billets qu'on a pu mettre de côté pour faire la soudure.

1 **plouf** platsch – 4 **se boucher** quand qc empêche l'eau de couler dans une canalisation, un tuyau – 6 **fautif** qui a fait une faute – 10 **un fugueur** une personne qui a fui – 13 **vain** sans résultat, qui ne sert à rien – 27 **une cargaison** Ladung

Adolphe est un brave homme, il acceptera sûrement d'être payé en nature pour son travail, au moins en partie, mais il y a aussi l'essence, les matériaux… Il faudra quand même donner de l'argent.

Pendant ce temps, le va-et-vient des femmes continue entre le village et la rivière. Quelques kilomètres qu'il faut refaire au moins deux ou trois fois chaque jour, sous le marteau impitoyable du soleil. Fanta a été mise à contribution. En fait, c'est elle qui a proposé à Tantie Sali d'aller à la rivière avec Assiatou après l'école.

Adolphe est arrivé le lendemain vers dix heures, escorté par une vingtaine de gamins. Il a traversé le village avec sa 403 bâchée brinquebalante et il s'est arrêté près de la pompe.

On entend le vacarme du bloc électrogène jusque dans la salle de classe où le maître fait une leçon de géographie sur la production du coton au Burkina. S'y mêlent des coups de marteau, des vrombissements de moteur, et toute une cacophonie de sons étranges qui déchirent l'air. Les oiseaux se taisent, effrayés. À peine les entend-on pépier et froisser les feuilles des manguiers dans lesquels ils se sont réfugiés. Cela dure jusqu'au soir.

Le lendemain, Adolphe est toujours là. Il a dormi dans la maison du chef et maintenant, ils sont une dizaine d'hommes du village à discuter avec lui autour du forage. À l'école, le maître a préparé un cours sur la question de l'eau.

– Aujourd'hui nous allons étudier l'hydrographie du Burkina, dit-il.

7 **un marteau** Hammer – 8 **impitoyable** très dur, sans *pitié* (Mitleid) – 8 **mettre qn à contribution** *ici :* faire que qn aide à faire qc – 11 **escorté** *ici :* suivi, accompagné – 12 **une vingtaine** environ vingt – 13 **bâché** qui est couvert par un *tissu* (Stoff) qui ne laisse pas passer l'eau – 13 **brinquebalante** klapprig – 14 **un vacarme** un gros bruit – 14 **un bloc électrogène** une machine qui sert à produire de l'électricité – 17 **un vrombissement** un bruit de moteur – 19 **se taire** arrêter de parler, ne rien dire – 19 **pépier** chanter pour un oiseau – 19 **froisser** *ici :* faire bouger – 20 **se réfugier** se cacher – 24 **un forage** Bohrung

Après avoir donné le nom des trois grands fleuves dont les bassins se situent dans le pays, le maître explique que l'eau, quand elle reste stagnante à ciel ouvert, est dangereuse.

– Autrefois, dit-il, les hommes fuyaient les abords des rivières et des bassins, à cause des moustiques porteurs de paludisme, et à cause d'une autre maladie qu'on appelait « la cécité des rivières » et qui rendait les gens aveugles. Maintenant, on s'est débarrassés de cette maladie, mais beaucoup de gens meurent encore du paludisme, faute de médicaments. Au Burkina, beaucoup de rivières ne coulent pas toute l'année à cause du soleil qui boit l'eau, et de la terre qui ne la laisse pas entrer et se cacher du soleil.

Le maître explique l'importance des puits de forage, profonds de soixante à soixante-dix mètres.

– Entre 1986 et 1991, près de 9 000 puits comme le nôtre ont été creusés dans tous les villages du pays, assurant à tous l'accès à l'eau potable. Comme ils sont fermés, les animaux ne peuvent pas y tomber et empoisonner l'eau avec leur cadavre comme cela arrivait autrefois avec les puits à ciel ouvert.

Tandis qu'il parle, le vacarme a repris du côté du puits. Des bruits de coups, des rugissements de moteur… Il faut changer une canalisation qui a crevé tandis qu'on tentait de la déboucher. La facture de réparation augmente. Adolphe doit repartir avec sa voiture chercher la pièce, mais il faut de l'argent, encore de l'argent !

Bégué a profité du voyage à Boromo pour racheter une carte à puce, il fait sonner le mobile de Delphine, là-bas, à Paris, France, et il raccroche. Quelques secondes plus tard, elle rappelle. Bégué explique la situation à sa sœur.

1 **un bassin** *ici :* Flussbett – 2 **se situer** se trouver, être – 3 **stagnant** qui ne bouge pas – 5 **porteur de** *ici :* qui a une maladie et peut la transmettre à d'autres – 5 **le paludisme** Malaria – 6 **une cécité** le fait d'être aveugle – 7 **se débarrasser de qn/qc** jdn/etw loswerden – 21 **un rugissement** *ici :* un bruit très fort, un vrombissement – 22 **tenter** *ici :* essayer – 22 **déboucher** enlever ce qui bloque le passage de qc – 23 **une facture** *ici :* la somme que l'on doit payer – 26 **une carte à puce** une carte de téléphone

– 100… répond-il à une question qu'on n'a pas entendue. Et puis : d'accord !

Tout le monde fait cercle autour de lui.

– Elle me rappelle, dit simplement Bégué.

La nuit est tombée quand son cellulaire fait de nouveau entendre sa petite musique. Bégué et sa sœur parlent quelques minutes, puis Bégué raccroche.

– Elle a trouvé ! dit-il.

Personne n'est vraiment étonné. Est-ce qu'en France, on ne trouve pas tout l'argent qu'on veut ! Certains ont beau dire que c'est la misère là-bas aussi, qu'il y a des gens qui n'ont pas de logement, qui vivent dans la rue, qui n'ont pas de travail, des mendiants, en quantité, et pas seulement des enfants de l'école coranique, des aveugles ou des fous, comme ici, non, même des hommes en pleine force, il n'y a qu'en France qu'on peut trouver 65 000 francs CFA en quelques heures.

Le lendemain, Bégué et l'homme de Boromo partent ensemble à la ville acheter le bout de canalisation.

Il fait nuit depuis longtemps quand Adolphe éteint son groupe électrogène. Demain matin, les femmes n'auront pas besoin d'aller à la rivière.

13 **un mendiant** une personne qui demande de l'argent dans la rue – 14 **coranique** → Coran

Chapitre 23

Retour de la saison froide

L'après-midi s'étire en douceur. Fanta joue avec les petites à carder quelques boules de coton. Bégué coupe une tunique sous la direction de son ami Oblé le tailleur. Des voisins sont là aussi, des frères de case. On vient de finir la récolte du coton, le mil et le sorgho sont ramassés depuis longtemps.

Les funérailles ont été grandioses. Les masques ont dansé aussi pour fêter la fin des moissons. Toute la famille Dao, oubliant ses querelles, s'est retrouvée dans la forêt sacrée pour y sacrifier trois poulets selon les rites ainsi que l'avait demandé Mamie Awa. Plus rien ne trouble le sommeil de Fanta. Décembre vient de commencer. La grande chaleur est passée. Bêtes et gens respirent.

Les Anciens se sont encore une fois réunis sous le manguier pour discuter des fiançailles de Bintou et d'Adama. Car Adama est revenu.

Pour la korité – la fin du ramadan – il s'est présenté au village. Il avait acheté des pagnes pour sa mère et ses sœurs, et aussi pour Bintou. La Vieille les a acceptés. Tout le monde était très content de le revoir, bien habillé et les mains pleines. Les oncles étaient d'accord pour les marier tout de suite, ils voulaient que les deux jeunes gens restent au village et cultivent le champ du père. La Vieille a dit non, elle a dit qu'elle ne donnerait pas sa petite-fille à un garagiste, le mariage se fera quand Adama aura obtenu son diplôme d'instituteur, a-t-elle dit. Pas avant.

Après beaucoup de discussions, les Sages lui ont donné raison et les oncles se sont inclinés. Il y en a pour des années mais Bintou est folle de joie. Elle dit qu'elle a bien le temps de

3 **carder** entwirren – 8 **une moisson** une récolte – 9 **une querelle** une dispute – 11 **troubler** stören – 27 **un sage** qui a la connaissance des choses – 28 **s'incliner** *ici :* accepter la décision d'une personne et ce qu'elle dit

coucher avec Adama. Tout ce qu'elle demande, c'est de ne plus avoir à se cacher pour le voir et de pouvoir continuer le collège avec lui. Après les fêtes, ils sont repartis main dans la main. C'est le chef lui-même qui les a emmenés ensemble à Boromo.

Maintenant, c'est la saison froide, la saison du repos. L'harmattan commence à souffler, teignant l'air et le ciel de rose. Mâ n'a pas manqué de faire porter un plat de viande à la vieille Awa qui avait prédit les fiançailles. Ni elle ni Fanta ne parlent de la chèvre blanche et noire, pourtant Fanta n'a pas oublié les paroles de la Vieille : « Tu seras coupée en deux mais tu ne mourras pas. » Elle attend, en frémissant un peu, qu'il se passe quelque chose, sans savoir quoi. Soudain dans le calme de cet après-midi surgit un jeune garçon essoufflé.

– Oumar Dao, Oumar Dao… le chef t'appelle. Il faut que tu viennes tout de suite.

5 **un repos** ≠ un travail – 6 **teindre** donner une couleur à qc

Chapitre 24

L'arrivée de Delphine

Bégué, de son vrai nom Oumar Dao sur les papiers, déplie sa grande carcasse et part aussitôt derrière l'enfant.

Il passe dans la cour de son grand-père pour le prévenir que le chef l'a fait appeler, lui, Oumar Dao.

– Je t'accompagne ! dit l'oncle aîné.

Tous deux repartent à grands pas vers la maison du chef.

C'est une maison en terre, comme les autres, située à l'entrée du village qu'elle semble garder, juste à côté de la mosquée, mais elle est deux fois plus haute, avec une galerie et une terrasse, et des motifs arrondis au sommet, à la mode soudanaise, comme la mosquée. L'une et l'autre ont été construites il y a plus de cinquante ans, par le grand-père du chef actuel. Après chaque hivernage, on remet une couche de terre bien lisse sur les murs, qui s'arrondissent de plus en plus chaque année.

Un gros manguier aux branches basses ombrage le banc où est assis le chef. Une femme attend sur le banc à côté du chef. Le cœur de Bégué bat un peu plus fort et il ralentit le pas pour mieux maîtriser son émotion. Pas de doute possible, c'est Delphine !

Bien qu'il ne l'ait pas vue depuis plus de cinq ans, il l'a reconnue aussitôt. Elle n'a pas changé, toujours la même silhouette puissante, presque aussi grande que ses frères.

L'oncle l'a reconnue lui aussi :

– La fille de la Vieille… elle est revenue, elle est venue de la France ! Dieu est grand !

En voyant arriver les deux hommes, Delphine s'est levée d'un bond, elle s'incline respectueusement devant son oncle,

2 **déplier** aufrichten – 3 **une carcasse** *ici :* un corps – 4 **prévenir** mettre au courant, informer – 11 **un motif** Muster – 11 **arrondi** abgerundet – 12 **soudanais** qui vient du Soudan – 17 **ombrager** faire de l'ombre – 19 **ralentir le pas** se mettre à marcher moins vite – 20 **maîtriser** contrôler

puis elle se tourne vers son petit frère et ils s'étreignent chaleureusement.

– Oumar Dao, dit le chef, voici ta grande sœur. Elle est arrivée de la France jusqu'à la capitale en avion. Mon cousin Moussa l'a amenée jusqu'ici. Son arrivée honore le village ! Oumar Dao, nous sommes heureux… Va, emmène-la avec toi !

2 **chaleureusement** avec émotion – 5 **honorer** faire honneur

Chapitre 25

Au village

La rumeur a déjà traversé le village et les enfants, curieux, regardent de loin cette élégante jeune femme qui vient de la France. Ils n'osent pas l'approcher de trop près, et c'est de loin aussi que les femmes hèlent Delphine.

On s'arrête d'abord dans la cour du grand-père. Delphine a sorti de son sac tout un lot de cartes postales.

– Paris, dit-elle.

Les petits cartons colorés passent de main en main. La tour Eiffel, le Sacré-cœur, l'Arc de triomphe... Le Vieux lui-même tend le bras pour les saisir. Les enfants, trop petits, ne voient rien. Ils regardent surtout la nouvelle venue, elle porte de belles chaussures de sport, un pantalon moulant, des boucles d'oreilles en or, un collier. Certains la contemplent, bouche ouverte, leur petit visage tout barbouillé de poussière. Les plus audacieux s'approchent pour toucher son pantalon ou frôler sa main.

Delphine distribue les salutations, elle donne un cadeau à chacun. Petites pièces pour les enfants, parfums, vêtements pour les femmes, quelques billets. Tout le monde maintenant, femmes, jeunes gens, enfants, se presse autour d'elle.

Malgré son impatience de revoir sa mère et ses filles, Delphine se soumet au rituel. Enfin l'effervescence se calme, le Vieux bénit la jeune femme et ils repartent.

Ils continuent leur traversée du village, saluant toujours les uns et les autres. Ils passent par la maison du marabout qui les accueille en grand boubou blanc et doré. Delphine donne un billet au marabout qui la bénit lui aussi.

5 °**héler** ['ele] appeler – 7 **un lot** *ici :* un paquet – 13 **moulant** qui colle au corps – 13 **une boucle d'oreille** Ohrring – 14 **contempler** regarder – 15 **barbouillé** couvert – 16 **audacieux** qui a du courage – 16 **frôler** toucher – 23 **se soumettre** accepter, suivre

Enfin ils arrivent dans la cour de la Vieille. Le cœur de Delphine bat très fort, les souvenirs de ses années au village lui font monter le sang aux joues. Bien qu'elle sache qu'elle n'a désormais plus rien à craindre, la peur lui coupe les jambes. La cour semble vide, quelques hommes se tiennent sous la véranda de Bégué, mais Delphine ne voit ni sa mère ni ses filles. Bintou doit être à Boromo, mais où est Fanta ?

Son frère Pangatié s'avance vers elle, mains tendues. Il était encore un adolescent quand sa sœur est partie. C'est un homme maintenant et Delphine ose à peine l'embrasser. Assiatou s'incline timidement devant sa grande sœur.

Le groupe de gamins dépenaillés qui a grossi au fur et à mesure de sa traversée du village se tasse à l'entrée de la véranda sans la quitter des yeux. Elle s'effondre à moitié dans le fauteuil de bois que son frère a fait porter pour elle.

– Fanta ! Fanta ! appelle Bégué.

Quand Bégué est parti, Fanta a deviné qu'il se passait quelque chose d'important. Elle a échangé son pagne contre une petite jupe de jean que sa mère lui a envoyée et elle est restée dans sa case en attendant le retour de son oncle.

Elle l'a vu arriver de loin, accompagné d'une femme presque aussi grande que lui. Une troupe d'enfants les suivait, se bousculant les uns les autres. La femme a ralenti, elle s'est arrêtée un instant, elle regardait autour d'elle comme si elle cherchait quelque chose. Fanta a reculé dans l'ombre de la case.

Elle entend son oncle l'appeler. Après un instant d'hésitation, elle se décide à traverser le grand vide ensoleillé de la cour. Elle marche lentement, comme si elle avait peur d'arriver. Enfin, elle est devant la véranda, les gamins s'écartent un peu pour lui laisser un passage. La femme s'est levée. Fanta s'arrête.

12 **dépenaillé** qui porte des vêtements en très mauvais *etat* (Zustand) – 28 **ensoleillé** → le soleil

Chapitre 26

Mère et fille

- Fanta ! dit Delphine.

Fanta regarde avec suspicion cette grande femme élégante, ses ongles vernis, ses boucles d'oreilles, son collier, le pantalon gris qui moule haut ses longues cuisses…

– Fanta… répète la femme.

La petite fait une légère génuflexion. La femme lui pose les deux mains sur les épaules, elle est beaucoup plus grande qu'elle, plus grande que Mâ. Elle attire la petite vers elle, la presse dans ses bras en murmurant en langue kô des mots si doux que Fanta, toute raide, tremble comme une jeune antilope.

Elles se séparent, se regardent les yeux brillants sans qu'aucune larme ne passe la frontière.

Fanta se tient debout, bien droite dans sa petite jupe en jean et son T-shirt jaune à bretelles.

– Mama… murmure-t-elle si bas qu'on l'entend à peine.

Delphine reprend la petite dans ses bras, l'embrasse sous les yeux stupéfaits des gamins qui n'ont jamais vu ça. On dirait qu'elle va la manger ! Mais non, elle la relâche, et se tourne vers son frère, gardant la main de sa fille dans la sienne.

– Bintou n'est pas là ? demande-t-elle.

– Non, elle est à Boromo, mais pourquoi n'as-tu pas prévenu de ton arrivée, on aurait préparé un bon repas, on serait allés te chercher, on aurait ramené Bintou !

– Où est la Vieille ? demande Delphine sans répondre à son frère.

3 **la suspicion** la méfiance – 4 **un ongle** la partie dure qui recouvre le bout des doigts – 4 **verni** qui est peint avec du *vernis* (Lack) – 5 **mouler** → moulant – 5 **une cuisse** partie de la jambe entre le genou et la hanche – 7 **une génuflexion** *plier* (beugen) le(s) genou(x) en signe de respect – 9 **attirer** *ici :* tirer vers soi – 10 **le kô** une langue locale – 16 **une bretelle** Spaghettiträger – 20 **relâcher** *ici :* lâcher, laisser partir

Bégué hausse les épaules.

– Eh ! Elle est aux champs ! Elle ramasse du bois !

Frère et sœur éclatent de rire. Fanta rit à son tour, comme si vraiment l'idée que la Vieille était aux champs était la chose la plus drôle du monde !

Chapitre 27

Retour au pays

Pangatié s'est installé sur une chaise longue sous la véranda tandis qu'Assiatou et Salimata restaient côte à côte à l'extérieur, appuyées au muret, d'où elles regardent avec curiosité cette grande sœur dont elles ont tant entendu parler.

Les hommes sont assis sur des bancs de bois sous la véranda, les enfants se tassent à l'entrée. Oblé ne s'est pas levé de sa machine, son pied va et vient à vive allure, actionnant l'aiguille qui monte et redescend au rythme de son mouvement. Il ne s'est arrêté qu'un moment pour serrer la main de Delphine dans ses deux mains, et il a repris son labeur.

– Tu as vu, c'est la machine ! dit fièrement Bégué. Malheureusement, ajoute-t-il, les commandes ne sont pas payées.

Il montre un tas de vêtements soigneusement posés les uns sur les autres. Il soupire, mais retrouve aussitôt son sourire.

– Je suis si content de te voir, grande sœur !

Delphine sort de son sac de voyage un grand paquet plein de vêtements : chemises, T-shirts, pantalons.

– C'est pour vous ! dit-elle.

Elle sort aussi de son sac un nouveau téléphone cellulaire.

– Ça, c'est pour Bintou !

– On le donnera à son tuteur, répond Bégué, tu pourras la joindre quand tu veux…

Le petit appareil suscite l'admiration générale. On se le passe de main en main. Bégué va prendre sa carte dans l'autre mobile pour essayer celui-ci mais la batterie n'est pas chargée. Il n'y a pas de prise pour le brancher. Qu'importe ! Il sort un couteau de poche, l'ouvre, coupe le fil, dénude les deux côtés

4 **appuyer à qc** sich auf etw stützen – 8 **actionner** mettre en marche – 11 **un labeur** un travail – 23 **joindre** *ici :* prendre contact, téléphoner – 25 **susciter** produire – 29 **dénuder** découvrir

pour le relier directement aux cosses de la batterie de voiture qui sert de générateur de courant. Ses gestes sont précis, sûrs. Tout le monde l'observe. Le mode d'emploi, inutile, est resté dans la boîte.

Il faut attendre que la batterie du téléphone charge. Le soleil descend lentement dans le ciel épais. Le temps flotte immobile sans que nul ne semble s'en soucier. Delphine n'a plus l'habitude de cette longue et tranquille patience. Elle demande à Fanta des nouvelles de l'école. La petite va chercher son cartable.

Une dizaine d'enfants se tiennent toujours à l'entrée de la cour, serrés les uns contre les autres, morveux et maquillés de poussière jusqu'aux cils. Leurs yeux brillants livrent sans masque une curiosité teintée d'inquiétude. Ils portent des T-shirts troués, sans culotte, certains sont entièrement nus. Leur nombril forme une grosse bosse sur leur ventre bombé, si différent des ventres clairs et lisses, à peine arrondis, d'Ulysse et de Corentin.

Delphine retourne son regard vers sa fille, toute mignonne dans sa jupe de jean courte, la peau brillante, sans trace de poussière ni de piqûres. Fanta récite à sa mère une poésie de La Fontaine. Delphine, qui a commencé à apprendre à lire et à écrire en France, déchiffre mot à mot les vers :

– … ployant sous le fardeau… Qu'est-ce que ça veut dire ? demande-t-elle à la fillette. Fanta mime le mouvement d'une vieille boiteuse qui porterait une lourde charge. Elle montre son dos en disant :

– Fardeau… sur le dos, très lourd !

– Ah oui ! approuve Delphine très admirative des connaissances de sa fille.

1 **une cosse** Batterieklemme – 2 **un générateur de courant** une machine qui produit de l'électricité – 7 **se soucier** s'inquiéter – 11 **morveux** *ici :* qui a le nez qui coule – 12 **un cil** Wimper – 14 **une culotte** un slip pour femme – 15 **un nombril** Bauchnabel – 15 **bombé** gewölbt – 22 **déchiffrer** *ici :* lire, comprendre – 23 **ployer** *plier* (beugen) – 23 **un fardeau** qc de lourd que l'on porte sur son dos – 24 **mimer** imiter, simuler – 28 **approuver** dire ou montrer que l'on est d'accord – 28 **admiratif** qui a de l'admiration pour qc

Elle se souvient du temps où elle vivait au village. À l'époque, aucune fille n'allait à l'école, ni au village ni en ville. Seuls quelques garçons pouvaient bénéficier de ce privilège. Un privilège qu'ils n'appréciaient guère d'ailleurs, les maîtres étaient très sévères, ils n'hésitaient pas à chicoter les enfants : la baguette tombait facilement sur les dos et les mollets. Pangatié, le seul des enfants de Mâ qui soit allé à l'école, en sait quelque chose ! Bégué, lui, comme aîné des fils, a dû travailler aux champs, comme sa sœur, mais il était plus jeune, il s'y est mieux habitué. Delphine a toujours sur les tibias les larges et indélébiles cicatrices de ses plaies anciennes, mais c'est dans son esprit que les traces sont les plus profondes. Et malgré sa joie à retrouver ses frères et sa fille, elle ne peut s'empêcher de frissonner d'inquiétude en attendant le retour de sa mère.

Le temps ne passe pas. Nul ne semble s'en soucier.

– Tu peux te doucher… L'eau est chaude, dit Bégué.

– Tu n'as qu'à prendre ta douche chez moi ! dit fièrement Pangatié.

Quand Delphine est partie, le jeune homme n'avait pas encore de case, il dormait dans la maison de son grand frère.

Un énorme tas de coton encombre l'unique pièce. On distingue à peine dans l'obscurité le trou d'évacuation de l'eau dans un petit carré de murs attenant. Les dernières lueurs du jour entrent par le trou d'une fenêtre sans cadre ni carreau. Delphine a emporté le grand seau que ses belles-sœurs ont fait chauffer pour elle. Elle fait couler l'eau sur son dos, sur ses jambes, avec un plaisir infini. La nuit est tombée quand elle sort de la douche. La fraîcheur du soir sur sa peau mal essuyée la fait frissonner. Elle a remplacé ses vêtements occidentaux par un pagne auquel elle ajoute sans tarder un léger lainage.

3 **bénéficier** profiter – 5 **chicoter** frapper, donner des coups de baguette – 10 **un tibia** l'os [ɔs, o] *m* de la jambe entre le pied et le genou – 11 **indélébile** qui ne s'efface pas – 21 **encombrer** *ici :* gêner le passage – 23 **attenant à qc** angrenzend an etw – 24 **un cadre** Rahmen – 24 **un carreau** *ici :* un morceau de verre plat et *carré* (quadratisch) – 27 **infini** sans fin – 28 **essuyé** *ici :* abgetrocknet – 29 **remplacer** changer, échanger – 30 **un lainage** *ici :* un vêtement en *laine* (Wolle)

Elle reprend place dans le fauteuil sous l'auvent de son frère. Fanta est partie aider les femmes à la cuisine. La Vieille ne devrait plus tarder.

Chapitre 28

Mâ

Haute et farouche dans son pagne que le vent ramène sur son visage, Mâ avance vers la véranda d'un pas décidé. Tout le monde s'écarte pour lui laisser le passage.

Delphine s'incline respectueusement devant sa mère qui pose les mains sur la tête de sa fille. Un léger sourire étire ses lèvres pleines. À peine. Seuls ses yeux brillent de joie. Aucune émotion ne déforme les traits burinés de la vieille femme. Son regard intense est posé sur la tête de la jeune femme comme un aigle sur son nid.

Les deux femmes échangent les salutations rituelles. Fanta est revenue avec sa grand-mère. Elle se tient à ses côtés selon son habitude et regarde sa mère, moins intimidante dans le pagne qui lui enserre les reins. De l'autre côté de la cour, on s'active. Le feu brûle sous les marmites. La nuit lui donne un éclat plus vif. Les enfants du voisinage se sont enfin dispersés. Ils sont retournés dans leur famille raconter l'événement.

Des silhouettes se déplacent dans le noir. L'oreille se fait plus vigilante. On entend avant de le voir le vélo qui passe et celui qui vient se garer juste devant le muret. Mâ refuse l'aide de Delphine, elle rejoint les femmes tandis que la Parisienne reste assise sous la véranda. Bégué envoie un enfant remplir de tchapalo un petit bidon de plastique. Il en offre un verre à sa sœur qui en boit une gorgée et lui rend.

Fanta revient, portant une table basse qu'elle installe devant sa mère et ses oncles. Pangatié, à demi allongé sur la chaise longue, ne dit rien. Bégué a branché le tube au néon qui diffuse

2 **farouche** sauvage – 8 **déformer** changer la forme – 8 **buriné** *ici :* ridé – 10 **un aigle** Adler – 10 **un nid** un abri que construisent les oiseaux pour y laisser leurs œufs et élever leurs petits – 13 **intimidant** qui fait peur – 16 **un voisinage** → un voisin – 19 **vigilant** qui fait très attention – 20 **garer** ranger son véhicule – 24 **une gorgée** Schluck – 27 **diffuser** verbreiten

sa lumière brutale sur le petit groupe de visiteurs encore présents. Les premières étoiles commencent à scintiller. La lune ne montre d'elle qu'un quartier, ce n'est pas la faucille parisienne à laquelle Delphine s'est habituée, mais la barque d'or de son enfance, flottant dans l'immensité de la nuit.

Ici et là brillent quelques lampes à pétrole. Il n'y a presque aucun bruit, à peine une rumeur qui mêle la respiration de la terre, le froissement des étoiles, le murmure des voix, des feuilles, des pas, le souffle des humains et celui des animaux. La vue court loin sans qu'aucune lumière ne l'arrête, elle plonge dans la nuit comme dans un océan qui la lave. Aucun bruit de moteur ne vient écraser le bruissement du monde. Un âne invisible pousse un long braiment déchirant. Il semble rassembler dans son cri toutes les souffrances, toutes les injustices, toutes les plaintes du monde. C'est la première fois que Delphine remarque combien ce cri – si habituel en Afrique – est tragique.

Sous la véranda, les femmes ont servi le dîner. Bégué a allumé la petite télévision noir et blanc. On a sorti pour l'occasion toute la vaisselle de la maison, quatre assiettes, trois cuillères et deux verres pour une dizaine de personnes, mais ce n'est pas grave. À peine son assiette est-elle vide, Bégué la remplit pour la passer à quelqu'un d'autre. Delphine termine la sienne et la tend à son frère pour qu'il la fasse passer. Elle aurait volontiers repris quelques spaghettis, mais elle sait qu'il n'en resterait pas assez pour les autres. Tour à tour, et dans l'ordre de préséance, chacun mange ces spaghettis à la tomate que les femmes ont fait cuire à la hâte pour l'arrivée de Delphine, à la place du tô habituel. Elles ne se sont pas jointes aux hommes, seules Delphine et sa fille sont restées sous la véranda.

1 **un visiteur** → une visite – 2 **présent** qui est là – 2 **scintiller** briller – 3 **une faucille** Sichel – 5 **une enfance** la période pendant laquelle on est un enfant – 8 **un froissement** un bruit léger – 12 **un bruissement** un bruit léger – 13 **déchirant** *ici :* tragique, triste – 15 **une injustice** qc qui n'est pas juste – 25 **volontiers** avec plaisir – 28 **cuire** faire chauffer qc (des légumes, de la viande…) – 28 **à la hâte** vite – 29 **habituel** → une habitude

Fanta s'est assise à côté de son oncle. Delphine lui montre sa carte de séjour.

– Tu vois, avec ce papier, je peux avoir mon visa pour retourner en France…

Bégué sort sa carte d'identité malienne sur laquelle figure le nom d'Oumar. Il tente de calculer son âge d'après la date de naissance et rit de se retrouver si vieux. Trente-six ans déjà ! Oumar a trente-six ans, mais Bégué n'a pas d'âge.

Tout le monde se tait maintenant, tandis qu'à la télévision un ministre explique aux téléspectateurs la nécessité civique de l'impôt, pour la vie d'un État démocratique libre et indépendant.

Fanta a appuyé sa tête contre le bras de son oncle. Elle jette de temps en temps un coup d'œil inquiet vers sa mère.

Pangatié, bonnet de laine sur la tête, semble absent.

Est-ce un crapaud-buffle dont on entend le chant lointain, un oiseau de nuit ou quelque autre animal encore ? Sur l'écran, en gros plan, s'agite le visage rond d'un ministre dont les paroles éclatent comme des bulles de savon.

Delphine regarde sa fille qui s'endort à moitié contre son oncle. Elle lui touche le bras et la fillette se réveille aussitôt.

– Allons dormir, dit-elle.

Elle salue ses frères qui lui souhaitent gravement une bonne nuit. Il y a si longtemps que Delphine n'a pas dormi sous le même ciel qu'eux…

– Demain, nous irons jusqu'au marigot, dit Bégué. Peut-être verrons-nous les crocodiles…

Delphine et sa fille traversent lentement la cour pour aller rejoindre la Vieille. La jeune femme a perdu l'habitude de se mouvoir dans le noir, elle heurte un tabouret, tâtonne,

6 **calculer** rechnen – 10 **une nécessité** le fait d'avoir besoin de qc – 10 **civique** bürgerlich – 12 **indépendant** *ici :* libre – 15 **la laine** Wolle – 16 **un crapaud-bufle** Ochsenfrosch – 19 **un savon** un produit que l'on utilise pour se laver – 30 **se mouvoir** bouger, se déplacer – 30 °**heurter** ['œʀte] **qc** *ici :* gegen etw stoßen – 30 **tâtonner** essayer de trouver son chemin dans le noir ou reconnaître qc en s'aidant seulement de ses mains

maladroite, enfin elle se couche entre sa mère et sa fille, comme autrefois…

Allongée dans le noir, Delphine n'arrive pas à s'endormir. On entend la respiration légère de la petite.

– Il faudra faire une fête pour ton retour, dit la Vieille qui ne dort pas non plus.

– Oui, Mâ… répond Delphine.

– Donner à manger à tout le village…

– Oui, Mâ…

– Tu pourras ? s'inquiète la Vieille.

Elle sait que Delphine a déjà dépensé beaucoup d'argent, elle a payé pour la réparation du puits, et pour le billet d'avion, et pour les cadeaux… Elle a donné de l'argent au chef du village…

– Je pourrai, répond Delphine.

Même si elle doit se priver de tout en rentrant en France, Delphine achètera chèvres, poulets, sacs de riz et farine de manioc pour remplir le ventre de chaque villageois, des bébés aux vieillards !

– Bintou est fiancée, dit encore la voix de la Vieille, mais Fanta…

Delphine approuve d'un grognement amical. Mâ l'a tenue au courant de ce qui se passait au village, et sans le savoir, c'est avec l'approbation de sa mère et de sa grand-mère que Bintou a commencé à fréquenter Adama. Delphine connaît la volonté du jeune homme de travailler au pays. Elle en a déjà longuement parlé avec sa mère au téléphone. Mais la petite… ? Que faut-il faire avec la petite ?

– Est-ce que tu vas l'emmener ? demande la voix de Mâ.

– En France ? interroge Delphine, comme si elle n'avait pas compris.

16 **se priver de qc** se passer de qc – 18 **un villageois** → un village – 19 **un vieillard** → vieux, vieil, vieille – 22 **un grognement** Brummen – 25 **fréquenter** *ici :* avoir une relation amoureuse

La Vieille ne répond pas. La nuit est totale dans la case de terre où sont couchées les trois femmes. Le silence les recouvre, presque pur, à peine piqué du chant aigu et répétitif d'un oiseau nocturne.

Fanta bouge un bras, elle pousse un léger gémissement, et glisse à nouveau dans un sommeil profond.

1 **piqué** *ici :* dérangé – 1 **aigu** qui a une fréquence très haute – 3 **un gémissement** Stöhnen

Chapitre 29

Au village

La première semaine, Delphine reste dans la cour du matin au soir. Tout le village défile pour la voir et elle a quelque chose pour chacun. On dirait que ses valises n'ont pas de fond !

Mais le meilleur, c'est la nuit, quand tout le monde dort et qu'elle parle à voix basse avec sa mère. Elle lui raconte sa vie à Paris, ses joies et ses souffrances. Elle lui parle des petits dont elle s'occupe. Elle a même apporté des photos qu'elle a montrées à la famille. « Comme ils sont beaux, ils sont tout blancs ! » s'exclamaient les adultes. *Nassara… toubabou, nassara, toubabou…* Les enfants répétaient en pouffant ces mots dont ils ignoraient l'origine et qui pour eux signifiaient seulement « étrangers, blancs ».

Elles parlent aussi de Fanta en baissant la voix pour ne pas la réveiller. Faut-il l'emmener en France ? Que deviendra-t-elle, loin de son pays natal, loin de ses amies, dans un monde si différent de celui auquel elle est habituée ? Mais si la pluie ne tombe pas cette année comme c'est arrivé il y a deux et trois ans, s'il n'y a plus de mil dans les greniers, si le riz augmente trop…

Et puis, quel avenir peut-elle espérer en restant au village ? Et en France ?

Mâ ne parle pas beaucoup, elle écoute, elle rassure. « Tu as le temps », dit-elle. Sa douceur apaise Delphine qui s'endort enfin dans le doux chuchotis de la voix maternelle.

Fanta ne quitte pas sa mère d'une semelle. Elle n'en a plus peur désormais ! Elle reste collée à son flanc jour et nuit comme le margouillat au mur. Elle est si heureuse de retrouver cette mère à demi oubliée, si fière d'elle !

3 **défiler** *ici :* passer – 4 **une valise** Koffer – 11 **pouffer** rire – 16 **un pays natal** le pays où l'on est né – 25 **un chuchotis** [ʃyʃɔti] Flüstern

Ensemble elles vont au potager cueillir les petites tomates assoiffées. Quand le soleil descend et qu'il fait un peu moins chaud, Fanta aime l'entraîner jusqu'au marigot où sont entassées les dernières briques faites avant que le soleil et le vent ne dessèchent tout.

Les jours passent vite !

Bintou est revenue de Boromo. Elle aussi est contente de retrouver sa mère, mais elle est plus grande, se tient plus à distance et Delphine n'ose guère câliner cette presque jeune femme. Au début, Bintou craignait que sa mère ne s'oppose à ses fiançailles, mais tout au contraire, Delphine a voulu rencontrer le jeune homme pour lui donner son accord.

Le soleil était à peine levé quand on a entendu un bruit de moteur formidable. Une énorme moto noire a surgi à l'entrée de la cour, entourée d'enfants criant de peur et d'enthousiasme !

Adama portait un vieux casque cabossé qu'il a retiré avant de s'avancer pour saluer respectueusement la famille. Bintou le couvait des yeux. Elle a voulu faire cuire elle-même le riz pour le déjeuner, et ensuite elle a accompagné le jeune homme chez sa mère. Elle avait préparé une grande marmite de riz sauce qu'elle avait posée sur sa tête comme une couronne de reine. Delphine et Fanta la regardaient s'éloigner.

Le soir même Adama a remis son casque et il est reparti dans un nuage de poussière, accompagné par les cris des enfants. Il devait rentrer à Boromo pour assurer la garde du garage. Bintou l'a regardé s'éloigner les yeux pleins de regret.

– Allons, ma fille, s'est moquée Delphine, un peu de patience, tu le retrouveras bientôt.

Mais comme elle comprenait les sentiments de sa fille, semblables à ceux qui avaient fait battre son cœur à peu près au même âge !

2 **assoiffé** qui a très soif – 9 **câliner qn** zu jdm zärtlich sein – 17 **cabossé** marqué par les *coups* (Schläge) – 19 **couver qn des yeux** regarder qn avec affection – 22 **une couronne** ce que les rois et les reines portent sur leurs têtes

Le lendemain, Bégué et Pangatié ont dit qu'ils avaient des courses à faire et ils sont allés à Boromo sur la moto d'Ibrahim, mais au retour, Bégué, coiffé du vieux casque cabossé, conduisait la grosse moto d'Adama.

– Adama nous prête sa moto pour le séjour de Delphine, ainsi, a-t-il dit, elle ne sera pas bloquée au village !

Fanta a battu des mains, ravie, mais Bintou n'a rien dit. On voyait bien qu'elle aurait préféré que ce soit son cher Adama qui soit revenu !

– Il n'est pas bon que Bintou manque trop longtemps le collège, a décrété Delphine. Ce n'est pas parce que je suis là qu'elle ne doit plus aller à l'école. Lundi matin, elle retournera à Boromo.

Bintou a eu du mal à cacher sa joie.

– Tu viendras me voir ? a-t-elle demandé.

– Oui, nous viendrons, ne t'inquiète pas, a promis Delphine.

3 **coiffé de qc** *ici :* porté qc sur la tête – 5 **bloqué** *ici :* qui ne peut partir d'un endroit – 11 **décréter** décider de qc et le dire

Chapitre 30

Delphine s'en va

Le temps est passé très vite. Une nouvelle année a commencé. Delphine doit retourner en France. Tout le village est là pour lui dire au revoir. Quand reviendra-t-elle désormais ?

Le chef va l'emmener jusqu'à Ouagadougou dans sa belle automobile noire. Bintou est revenue au village pour la dernière semaine, elle est assise à l'avant avec sa mère. Elle s'arrêtera à Boromo tandis que Delphine continuera jusqu'à la capitale.

Le chef lui-même est au volant. À l'arrière, trois hommes et un garçon sont serrés les uns contre les autres, avec les bras qui dépassent de chaque côté. Ils vont travailler à la capitale. Le cousin du chef a une grande cour à Cité 2000, c'est là que logent les habitants de Nanou quand ils montent à la ville. Cela permet de gagner quelques milliers de francs CFA et d'acheter du riz, des semences et des pagnes pour les femmes…

Delphine tient sur ses genoux un sac plastique dans lequel sa mère a mis un pot de beurre de karité, une boîte de lait en poudre pleine de farine de baobab, une robe en bazin coupée et cousue par Bégué et une couverture tissée du pays. Elle a le cœur serré, très serré.

Sa mère se tient debout près de la portière, bien droite, comme toujours, le visage impassible. À ses côtés, Fanta tout aussi droite, regarde la voiture qui va emmener sa mère.

Delphine a parlé longuement avec le maître d'école et avec l'infirmier Ibrahim, elle a regardé vivre sa fille, elle l'a regardée piler le mil, rire avec ses cousines, allumer le feu, balayer la cour et déchiffrer ses livres de classe. Elle a aussi laissé remonter en elle les souvenirs…

18 **une poudre** Pulver – 18 **le bazin** un tissu fait avec du coton teinté à la main – 19 **cousu** → coudre – 19 **une couverture** Decke – 21 **une portière** la porte d'une voiture ou d'un camion – 22 **impassible** qui ne montre pas de sentiments

Elle est allée avec ses frères écouter la voix des ancêtres dans le bois sacré, enfin elle est allée voir la vieille Awa pour lui demander conseil.

« Attends, disait Mâ, tu as le temps. »

Une nuit enfin, elle a fait un rêve. Dans ce rêve, elle était blanche, blanche comme une nassara. Fanta la regardait d'un air méfiant, elle paraissait terrorisée, son teint était gris et ses lèvres pincées. « N'aie pas peur, Fanta, disait-elle. Je ne te ramènerai pas en France où l'hiver et les hommes sont si froids, où il faut tant d'argent. De l'argent pour dormir, de l'argent pour manger, de l'argent pour rêver… Ma petite princesse noire, fille du crocodile, je ne t'emmènerai pas avec moi, il est trop tôt pour que tu te sépares de la lumière des étoiles et des bras de ta grand-mère.

« Si tu dois venir un jour, plus tard, peut-être… n'oublie pas combien le monde était immense quand on le parcourait à pied.

« Mais d'ici là, danse encore sous la lune avec les filles de ton âge, apprends encore les leçons du maître d'école, gave-toi de mangues, enivre-toi de djembé… Rêve encore, ma fille, tu as bien le temps d'apprendre la mort de nos dieux et de notre monde. »

Fanta la regardait toujours comme si elle ne comprenait pas ses paroles.

« N'aie pas peur », répétait Delphine la Blanche.

Et puis elle s'est réveillée. Et elle a su qu'elle devait repartir seule.

La voiture démarre. Mâ et Fanta, immobiles comme des statues, deviennent de plus en plus petites. Bégué agite la main très haut. Derrière son frère, un peu plus grand que lui encore, Pangatié secoue le bonnet de laine qu'il a ôté de sa tête. Delphine sent les larmes lui piquer les yeux. Elle serre les dents. Des enfants courent un moment à hauteur des portières en

7 **terrorisé** qui a très peur – 16 **parcourir** traverser – 20 **enivrer** sich berauschen – 28 **démarrer** *ici :* mettre en marche le moteur d'une voiture – 31 **ôter** enlever

criant et en agitant les bras. Delphine se retourne une dernière fois. La silhouette de la mosquée disparaît. La chaleur et la poussière rentrent par les fenêtres ouvertes, et l'odeur sèche de la terre et des herbes. Delphine sent contre elle le corps ferme et vigoureux de sa fille, ballotté par les ornières de la piste. La brousse s'étend de part et d'autre. On ne distingue pas la piste. Bintou regarde droit devant elle. Une seconde, elle se tourne vers sa mère et lui sourit.

À Nanou, Fanta sourit à sa grand-mère avant d'aller au marigot retrouver ses ancêtres les crocodiles.

5 **ballotté** secoué

Biographie

Marie-Florence Ehret est née à Paris. Après des études de lettres et philosophie, de nombreux voyages à travers le monde et divers métiers, elle décide de se consacrer à l'écriture.

On lui doit de nombreux ouvrages pour adultes mais aussi pour enfants.

Marie-Florence Ehret puise son inspiration au gré de ses rencontres et de ses voyages à travers le monde, plus particulièrement en Afrique.

Les sujets qu'elle évoque sont actuels et traités avec justesse.

Bibliographie (non exhaustive)

Émilie et Oskar Schindler: Double jeu contre les nazis, Oskar jeunesse, Les justes, 2013
La Falaise, Belin jeunesse, 2012
Mon père, Oskar jeunesse, 2012
Faim de vie, Oskar jeunesse, 2011
Berlin 73, Éditions ado Gulf Stream, 2009
Fille des crocodiles, Éditions Thierry Magnier, roman adolescent, 2007
Comme un coquelicot, ado Bayard, 2005
Rapt à Bamoko, jeunesse Edicef, 2002 (épuisé)
Hypatie, fille de Théon, Éditions Ateliers des Brisants, 2000
Mortel coup d'œil, Éditions Rageot jeunesse, 1995
À cloche-cœur, Éditions Rageot jeunesse, 1990
De La Nature de la Lumière, Éditions de la Différence, 1990
La Métrographe, Éditions de la Différence 1990
La Catastrophe Ultraviolette, Éditions de la Différence, 1989
Salut Barbès, Éditions de la Différence, 1988

Liste des abréviations

≠	antonyme de
→	mot de la même famille
°	après l'article, pas de liaison
[']	pas de liaison
adj inv	adjectif invariable
enfantin	langage enfantin
etw	etwas
f	féminin
fam	familier
fpl	féminin pluriel
jdm	jemandem
jdn	jemanden
m	masculin
mpl	masculin pluriel
pron pers	pronom personnel
qc	quelque chose
qn	quelqu'un